我是女生

我叫巴黎

Vive La Paris

(美) 爱斯米·科德尔 著　伊替 译

陕西师范大学出版社

巴黎故事里的很多阳光

梅子涵

我慢慢地读，渐渐地读，把这一本小说读完了。

我是在巴黎读的。

那时，我在巴黎度假。

住在南特一个音乐学院的公寓里。

辛艳说，请你读一读这本小说，如果你喜欢，就请为它写几句话。

辛艳是一位编辑，懂英语，引进她喜欢的外国文学在中国出版。

我说，我在巴黎，不在国内。她说，啊？你在巴黎？

她吃惊的意思是，这本小说的故事里的那个女孩正是叫巴黎，故事里一些情节、遭遇、想念、愿望，也是和巴黎有关系。

这有点凑巧。

那些话是在网上说的。

其实我早认识小说里这个叫巴黎的小姑娘。

因为她已经在另外一本小说里出现过。那本小说的名字叫《特别的女生萨哈拉》。在那本小说里她是一个不重要的人，但是她的名字却是最特别的。萨哈拉也特别，都是地名。一个是沙漠，一个几乎是世界第一的城市。

那是一本已经被我说了四年的小说了。

说啊说啊，不会觉得没有味道了。

而是越来越喜欢，成为文学的一个惦记，成为写作儿童文学的一个优秀的例证，成为顺手拿来影响生活就令人信任的故事，成为我讲给别人听时，自己最喜欢的聆听——我经常这样，讲那些喜欢的文学给人听，却自己也聆听，迷住自己。

四年前印出来的那本《特别的女生萨哈拉》你难道没有听说啊？

这回巴黎当主角了。

她说她到诺森太太家来学钢琴。很老的诺森太太是她的钢琴老师。

她说她不喜欢这个老太太。

她说自己的家。四个哥哥，爸爸妈妈。

她仍旧说老太太。

她说学校里的事。

说她的老师波迪。这是天下文学里最合格的一个老师吧？波迪是前面那本小说里从头到尾的一个人。

说她的小哥哥迈克尔。说那个奇怪的一直欺负迈克尔的小女孩塔娜佳。

说诺森老太太带她到巴黎去。她们在美国的路上行走。她们是往巴黎行走。她们很像是真实地到巴黎去，但是她们后来真实地把一个童话结束了。

一首歌：《上帝的目光落在麻雀上》。上帝的目光会落在麻雀上吗？麻雀的目光又落在哪里？

小黄星的风波、小黄星的故事、小黄星的历史。

后来巴黎去演出了。

后来诺森太太死了。

巴黎说的当然不止这些。她说了很多。很丰富，很细节，很心情，很诗意，很象征，很深远，很风趣，所以就很想听她继续说，不过，她结束了。

我当然要提到爱斯米·科德尔。她是谁呢？她就是写这本小说的作家，就是写《特别的女生萨哈拉》的作家。

全部的讲述，全部的叙述，都是她在进行的，巴黎也好，萨哈拉也好，都是她的人物。当作家的，是拥有人物的人。他们还拥有口气，拥有很多的不同心情，拥有非常错综的历史，拥有透彻分析的才华，拥有很高很远的哲学。

优秀的文学家啊！

在巴黎度假，可以去的地方是无数多的。

也可以去墓地。

我就去拉雪兹和先贤寺。那儿有很多文学家。他们为我们做过最完美的讲述。他们不再呼吸了，可是无数的人在他们的讲述里呼吸。他们留下小说和诗，他们看着世界的人在他们的墓碑前安静地走过。他们看得见吗？我也走在他们的面前呢？雨果，巴尔扎克，王尔德，左拉，普鲁斯特，拉封丹，莫里哀，都德，很多。

我是站在伟大的讲述前。向最杰出的文学叙事献上宁静的心情。

我在巴黎南特的公寓里，慢慢地渐渐地读完巴黎讲的故事。

我的身后有两个窗。窗外有一棵很高的树。不是法国梧桐。不知道是什么树。有鸟儿停在它的里面。鸟儿的叫声里也很有巴黎的心情。白人、黑人、阿拉伯人，偶尔会在窗下走过。

我回头看看，阳光还非常亮。不过这时已经是晚上八点多了。

我阅读完了。

我为自己倒了一杯很好的葡萄酒。我知道，我会以最好的心情来推荐这本小说的。就如同四年前推荐那本《特别的女生萨哈拉》。我那时写的那个推荐的题目是《秘密行程里的绿荫》。我这次用个什么题目呢？

我看着身后两个窗外的巴黎的很亮的阳光。

梅子涵

著名儿童文学作家，上海师范大学教授，博士生导师。中国儿童文学阅读第一推进者、儿童文学经典阅读的"点灯人"。出版有多种儿童文学作品和关于儿童文学阅读的著作，如《马老师喜欢的》、《女儿的故事》、《戴小桥和他的哥们儿》、《阅读儿童文学》《相信童话》等。

目录 Contents

1 多管闲事的钢琴老师......009

2 我和我的一家......017

3 胆小鬼迈克尔挨揍了......026

4 超级读者俱乐部......032

5 我是一只快乐的小小鸟......039

6 读书的奖励......047

7 迈克尔，别做懦夫！......051

8 玫瑰色的眼镜......064

9 坏小子德里·塞克斯......076

10 为哥哥而战：我和塔娜佳的首次交锋......084

11 第一次演出......091

12 我想去巴黎......101

13 打开真实世界的一扇窗......110

14 小黄星......124

15 我闯祸了......131

16 唱出我自己的歌......141

17 有教养的人打架了......150

18 坏女孩也会流泪......158

19 路易斯的18岁梦想......161

20 《以前》——德里·赛克斯作品......166

21 真正的勇气......171

22 写给全体师生的一封道歉信......180

23 你是春天里最美好的一个吻......185

24 我知道怎么去巴黎......192

后记 196

编者的话 203

1

多管闲事的钢琴老师

我弄不明白，这个白人老太太凭什么用一种她已经知道我老底儿的语气对我说话——请原谅我这么评价她。她甚至连我叫什么都还不知道呢。我只是来上钢琴课的，可是不到两分钟的时间，她已经给我准备好了——

1. 一串葡萄，塑料的。

2. 沙发坐垫，也是塑料的。而且坐下去时会发出不礼貌的怪声。对于我这个有礼貌的人、或者说正想成为一个有礼貌的人来说，发出这种声音让我觉得很难堪。还有——

3. 一个建议。我想用"多管闲事"这个词来形容她。

"别用书挡着胸部，这可不是好习惯啊，时间长了身材走样了，你后悔都来不及了！"

我没搭理她，也没把书拿开。要不是为了上钢琴课，我才不会坐在这间到处都是洋葱味和霉味的公寓里呢。

"你的头发剪得和米妮鼠的差不多，很可爱，这种发型现在是最时尚的吗？裤子穿得快要掉下来也是最时尚的吗？这个世界上所有的人都不得不看到你的pupik吗？对不起，我可能太老土了，不过你为什么又到我家来了？让我想想，你是卖小甜饼的那个小姑娘吗？"

我无奈地叹了口气。我的教堂关门了，说得更准确点，是着火了。我以前去教堂学钢琴，现在去不了了。我得找个地方上钢琴课，不过我懒得解释这么多。"我爸妈想问问您是否可以一周给我上一次四十五分钟的课。"我在她面前举起三张五美元的钞票，像举着一把小扇子一样。我爸说要是我说不清楚的话，就把钞票掏出来给她看。

她对着钞票不停地挥手，好像在赶一只大苍蝇。"我要这些钱做什么，我可以免费教你，不过为了不让你感到难为情，我还是收下了。可是他呢，他坐在这儿干嘛？"

pupik是犹太语"肚脐"的意思——译者注

"哦，那是我哥哥迈克尔，是他送我过来的，我上课的时候他会一声不吭地坐在那儿。"我哥哥腼腆地朝她摆了摆手。

"你好，一声不吭的迈克尔，你想去外面玩吗？"

"是的，夫人。"

"'是的，夫人。'真是个有礼貌的孩子。我知道你戴手表了，去玩吧，四点半回来就行了。"还没等她说第二遍，迈克尔已经跑得无影无踪了。OOOOoooo，迈克尔！老爸可一再叮嘱你要待在这儿看我弹钢琴的。"你呢，你刚才说你叫什么名字？"

"巴黎·麦柯格雷。"我从牙缝里挤出几个字。

"巴黎？"诺森太太重复道。"你哥哥叫什么？叫伦敦吗？"

"他叫迈克尔。"我提醒她说。

"哦，对了，在外面玩的那个迈克尔。你，你叫巴黎，和巴黎那个城市的名字一样？"

我耸了耸肩。"谁知道呢，我又没去过那儿，根本不知道巴黎是什么样子。"

"你想知道吗？"她问道。

我又耸了耸肩。耸肩的意思是当然想知道了。

她耸了耸肩，又耸了耸肩，然后又耸了耸肩，我知道她在拿我开玩笑。"我也想知道。好了,我们要上课了。"

我们弹了一会音阶,除了c-d-e-f-g-a-b-c之外我们谁都没有说话,不知为什么,这样倒显得我们亲近一些。我告诉她,我爸和我妈正计划想去巴黎旅行的时候,我妈怀孕了,那时候我们家已经有四个男孩了。他们很想去巴黎,可是又没那么多钱,于是我妈就说"要是我们去不了巴黎的话,巴黎就会来找我们的"。

我很喜欢讲这个故事,因为我妈也喜欢讲这个故事给我听。

"那么说,你是一个意外了。"

"我可不是什么意外。"我立即反击道。

她耸了耸肩。"对不起。别生气。其实哪个家庭里没有意外呢,要么是你,要么是别人,要么是你哥哥中的一个?"

我耸了耸肩。我心里想,她只是教我弹钢琴的,她有什么权利说这些话。可是我妈说过,沉默是金,所以我根本不把她说的话放在心上。我只是告诉自己,有时候上了年纪的人很无知,不过无所谓啦,反正他们也活不了多久啦。

她清了清嗓子。"你说你有四个哥哥?你爸妈是在卖小男孩吗?你妈真是个聪明的售货员。等等,怎么了,你的脸为什么拉得这么长?"

不说出来我会发疯的。"诺森太太!你在激化我!"

"你是想说"激怒"吧？"

"我也不知道我想说什么。"我觉得脸在发烧。

"有一种面条的名字也叫'激化'。我只是想知道你不是家里的一个意外。我是不是问得太多了？"

"是的，夫人。"

"麦柯格雷小姐，我是诚心诚意问你这个问题的，这个问题对我至关重要。"

"如果你不介意的话，我想继续上课。"我气得快发疯了。

"你在诅咒我吗？"她大笑了起来，"我来做猪肝三文治，吃完再上课，你要一份吗？"

"不用了，谢谢。"我气得发抖。

诺森太太的活页乐谱皱皱巴巴的，皱得好像被时间烤过一样，页边硬梆梆的，像是被烤焦了。乐谱上印着几张图片，图片里的白人戴着高高的帽子，长着圆嘟嘟的脸，看起来像洋娃娃一样，和我现在看到的白人完全不一样。诺森太太说他们有些像穴居人，是生长速度非常快的另一个原始人种。我不知道要长得多快会变成那个样子。

诺森太太问我识不识谱，我竭尽全力还是读得磕磕巴巴的，我慢吞吞地读着随时会散架的乐谱，不时抬头悄悄看一眼诺森太太，我想知道她的嘴唇是不是也曾经和乐谱上的那个女孩一样，圆嘟嘟的像花骨朵一样？我想知道她是不是也留过那么柔软的长发？诺森太太，诺森太太，看看你现在的样子吧，你双手的青筋都露出来啦，你皮肤上红色绿色的血管也都看得清清楚楚的，我很庆幸自己不是白人，要不然看起来太吓人了。哦，我的天啦，当她把手放在我的手上，教我弹高音F时，我的鸡皮疙瘩都起来了！

开始练习的时候，我的手指很不配合弹得很不像样子。她用力把我的手指压在键盘上，我也不觉得疼，反正她看起来像是纸糊的，根本没什么力量。不过她生气的时候力量倒不小。"你弹的是什么东西！"她咆哮起来。"你弹琴的时候键盘像在啃东西一样，你到底想不想学了？"我知道只要我一开口她肯定咆哮得更加厉害，所以干脆不吱声了。"你弹得实在太糟糕了！"

"这些曲子我都不熟。"我解释道。我说的是实话。这些曲子连传统曲目都算不上，都是老得不能再老的古代的曲子。

她从琴凳上站了起来。"钢琴课到此为止，我们来上法语课吧。"

Oooo.ooooo！我爸妈再也不用付十五美元上这四十五分钟什么也学不到的钢琴课了。我心里立即开始盘算起来——我和她以后谁的麻烦会更多一些呢？但是诺森太太已经拿出一本和电话簿那么厚的大书来，书的封面上写着《法语词典》。

"你会法语吗？"她问道。

"会，"我说，"我知道波迪埃。"

"西德尼·波迪埃？"

"不是，是波迪埃小姐，我们叫她波迪。她是我的老师。她告诉我们她名字的意思就是'我是你们的老师'。还有，我知道Orwar的意思是'再见'。see the plate，意思是'请把盘子传给我'，还有wah lah，意思是'拿去吧'。"

"拿去吧，"诺森太太重复道，"巴黎，你已经是法国人了。你会在这儿学到更多法语的。"

听着，老太太，我可不指望在这儿学会很多东西。我可不需要学法语的免费建议或者黑麦猪肝做的三文治。我想提醒她，我只是来上钢琴课的，仅此而已。

但是正像我之前说过的，我想做个有礼貌的人。

有礼貌的人不得不吃很多的猪肝。

西德尼·波迪埃，英文名Sidney Doitier，第一位黑人奥斯卡影帝——译者注

巴黎说的法语发音和意思都不对——译者注

2

我和我的一家

　　我有四个哥哥。四个！我爸是爵士乐鼓手，所以他给四个儿子取名的时候，坚持要用爵士乐坛传奇人物的名字来给他们命名。他说第一个儿子的名字一定得和管乐器的传奇人物有关，所以路易斯是以小号手路易斯·阿姆斯特朗命名的。迪金格是以吉普赛吉他手迪金格·莱恩哈特命名的，他只用两个手指头就能弹出世界上最动听的音乐。不过我妈把第三个儿子取名为德贝拉克，德贝拉克不是乐手的名字，是她有一次看完戏梦见主人公德贝拉克从天而降，加入了我们家的乐队。我爸说，他和他的三个儿子刚好可以组成一个四人乐队了。可是我妈又生了迈克尔。迈克尔是以作曲家和钢琴家迈其尔·莱格朗命名的（我爸说我们这儿不能管一个男孩叫迈其尔）。我爸妈绝对没想过不再要小孩，这倒是件好事，不然我，巴黎·麦柯格雷，怎么有可能成为我们家的第五个孩子呢？我爸经常说"最后的就是最好的，"我爸也经常说"小笨蛋们，你们听到了吗？"这时我的四个哥哥总是齐声回答"听到了，长官！"他们确实很笨蛋，别人讲笑话的时候他们有时能跟着乐，有时却完全听不明白。

路易斯快高中毕业了。他每天在爵士乐队练习完以后，一回到家就钻进他的房间，把门关得紧紧的，有时他给他女朋友打电话，有时弹吉他，有时又安静得一点声音也没有。迈克尔也住这个房间，不过他才十三岁，还没长胡子，所以还不能和路易斯平起平坐。他总是边敲门边恳求说："你到底在里面做什么呀，让我进去，让我进去，这也是我的房间。"而路易斯总是学他说话："你到底在里面做什么呀，让我进去，让我进去，这也是我的房间。"这种情况一直要等到爸爸回到家，砰砰砰用力砸门才能宣告结束。不可思议的是，门竟然从来没有被砸坏过。

路易斯开门问："是你在敲门吗？"爸爸会一把按住他的头，用拳头在他头上胡乱鼓捣几下，可是爸爸看起来一点也不生气。迈克尔终于要回了自己的房间，他看着爸爸和路易斯的时候，好像也一点都不生气了。

也许让家里最小的男孩和最大的男孩住在同一个房间，并不是个好主意。但又不能让迈克尔住在迪金格和德贝拉克的房间，那儿太小了。他们住的地方原来是个小杂货间，大小刚好能放下一张上下铺，所以妈妈把门拆了，挂了个门帘，于是杂货间摇身一变，成了一个小房间。现在他们都上高中了，双人床对他们来说已经太小了，穿十四码鞋的臭脚丫子都已经伸到床外面去了。可他俩一直住那儿，一直睡那个上下铺。迪金格和德贝拉克差不多大，看起来像双胞胎一样，没准真是双胞胎呢，因为他们俩中的一个要是被蚊子叮了的话，另一个就痒得受不了。他俩一个坐上铺一个坐下铺，迪金格呼哧呼哧地打节奏，德贝拉克哇啦哇啦地编歌词，歌词内容多半是在讲他是个多么人见人爱的小酷哥。唱完后他们会跳起来击掌庆贺，热烈讨论他们要是变成世界上最伟大的说唱乐手后，将会怎么样。

"我们会有一辆豪华轿车！"

"我们会有一群穿比基尼的小妞！"

"我们还会有一架私人直升飞机！"

"我们会有一群穿比基尼的小妞！"迪金格呼哧呼哧地打起节奏，德贝拉克又开始哇啦哇啦地编起歌词来。我弄不明白，那些光彩夺目的女孩们怎么会想到和这两个睡上下铺的兄弟俩约会呢。不过也说不准，等他们真的成名以后，可能会变得有魅力一些吧。

我爸让男孩子们学乐器。我们家的孩子都得学会一门乐器，我爸的理由是：如果我们还能通过街头卖艺这点本事换点坐巴士和买咖啡的钱的话，他就能安心睡个好觉了。不过爸爸怎么都能睡好，因为他几乎整个晚上都在外面打鼓，他太累啦！一般他周五和周六会去绿磨坊酒吧打鼓，有时也会接一些音乐工作室的活，我喜欢他打鼓的时候鼓槌碰到鼓面上，发出呼…呼…的声音。我可不是在吹牛，不过我爸真的很牛。只要他愿意的话，他敲敲锅碗瓢盆就能敲出好听的音乐来。除此之外，他还是个职业鼓手，这意味着他就是打着玩也能赚到钱。我弹风琴，还是带耳机的，我还会识谱。迪金格弹低音吉他，德贝拉克吹小号——不过他吹得可实在不怎么样，因为他根本就没法练习。小号的声音太大了。每次他一吹小号，不是楼上的邻居用脚猛踩地板，就是楼下的邻居用扫帚捅天花板。一个小号手不练习吹小号怎么能学得会呢？迈克尔还没开始学乐器，不过他会用录音机放《绿袖子》。

我妈是我们家的歌唱家。每次她从工作的餐厅回到家，就立即钻进卫生间边洗澡边唱起她的咏叹调。整幢房子都能听到她的歌声，但是她的歌声很美，所以楼上和楼下的邻居既没踩地板也没捅天花板。洗完澡她会穿上她的丝绸睡袍，打开唱机——确实是唱机，因为她从很小的时候就喜欢用唱机放音乐。

最后一支舞曲。

最后一个机会。

为了爱！

　　哦，她太喜欢多娜·萨蔓了。我妈一开始唱歌，我爸也来劲了。他搬出送给妈妈做生日礼物的迪斯科灯，调到旋转灯模式，然后坐下来看妈妈边唱边跳，看那些五彩斑斓的灯光闪耀在妈妈的脸上和肩上。

　　每当爸妈嫌我们太吵把我们轰出门以后，我们会集体上街溜达一会儿，溜达的时候哥哥们会把我围在中间，直到解散为止。解散后我们各人干各人的事，但总有一个哥哥会跟着我，有时候我也感到很郁闷，不过大多数时候我并不介意。习惯啦。

　　总的说来，四个哥哥都对我很好。让我来告诉你为什么吧。我六岁多的时候，我们五个在客厅里玩游戏，就是那种乱蹦乱跳乱叫乱嚷的游戏，我妈在厨房边做饭边大喊着让我们别闹了，"这样会出事的！会出事的！"但我不知道会出什么事，所以没有理她。哥哥们轮流抱着我转圈，我甩出去的腿不是把咖啡桌上

多娜·萨蔓，英文名Donna Summer，美国流行乐坛的著名黑人歌手——译者注

的杂志碰掉了就是把台灯撞翻了。我咯咯笑个不停，不过一会儿就开始感到天旋地转，我看到窗外的那些楼房好像一点点地倒了下来，于是我大叫"停下来！"我那时还小，还不知道当你对哥哥们说"停下来"的时候，他们理解的意思却是"还要玩"。

当迈克尔把我放下来的时候，我简直都站不稳了，整个身体像下山时那样往前栽去，结果一头撞在壁炉前的铁架子上。那个壁炉从没点过一次火，就是做摆饰用的。然后我听到哥哥们发出

惊诧的声音，他们全都愣住
了，嘴巴张得大大的，好像在唱
歌但什么声音也没发出来，我从来
没看到过他们的眼睛睁得那么大。我问他们
"怎么啦？"然后我感觉到有什么东西流
进我的眼睛里，所以不得不使劲眨眼睛。
我用手背擦了擦眼睛，突然发现手背上全是猩红
的鲜血。我吓得尖叫起来，声音大得连我自己都听不到了，我妈
跑了进来，她的手里还攥着块洗碗布。

　　"迈克尔，把妹妹抱起来！"迪金格尖叫道。所有的哥哥
们全都尖叫起来，他们边跳边抓耳挠腮，但是我妈没有叫，她一
下子把洗碗布按在我的头上，然后一把抱起我，好像我真的只是
个小宝宝。她抱着我用力撞开前门，冲下楼去，男孩子们全都跟
着跑了下去。妈妈招手打车想带我去医院。终于有辆卡车停了下
来，不过前排挤不下五个孩子，所以男孩子们只好留下来，等待
爸爸回家修理他们。虽然那时我觉得自己快要死了，但我仍然记
得我从半开的车窗向外望去，看到哥哥们垂头丧气地站在那儿，
满脸担心难过的表情。司机把我们送到儿童医院，妈妈递给他五
美元车费，司机说不用了，妈妈说请收下吧，司机就说那好吧。
在候诊室里，妈妈边用洗碗布擦掉我头上的血迹，边气喘吁吁地

说："你长大以后一定不能嫁给这样的男人，他竟然能要一个抱着受伤小孩的女人的五块钱，记着，永远不能嫁给这样的男人。不管是不是别人主动给他钱，真正的男人绝对不会这么做，你爸就绝不会收一个需要帮助的女人的钱。你长大以后可千万别和刚才那种人来往，你得等待一个适合你的好男人。"事实上她还说了些别的，但正如我之前所说的，我是个有教养的女孩，所以我不会重复那些话。

我的伤口缝了六针。

我回到家的时候，发现客厅里静悄悄的，哥哥们一声不响，好像在教堂里一样。爸爸坐在那，他看起来气得快发疯了。哥哥们看到我回来，立即如释重负般地围了过来，但爸爸让他们全都坐下。他看起来余怒未消，斜眼盯着哥哥们，仿佛他们是世界上最坏的人。爸爸抱起我，用爱斯基摩人的方式亲了亲我的脸颊，低声问："我的公主好些了么？"

我知道爸爸刚才一定已经好好教训过他们一顿了，只是我没看到，于是我甜甜地对他说："爸爸，我缝了六针呢。"

"我知道，宝贝，我知道。"他亲亲我的额头，看到我呲牙咧嘴的样子，又急了。"看到没有！"他对哥哥们怒吼道，"现在我们连宝宝都没法亲了！连宝宝都没法亲了！你们差点要了你们妹妹的命！看看你们做的好事！"

"是迈克尔干的。"路易斯说，声音小得像蚊子。

"你们难道不是在一起玩吗？"爸爸咆哮道，"你们以为我什么都不知道？"

路易斯在角落里蜷缩成一团，一声不吭地紧咬着下嘴唇，眼中泪光闪闪。迪金格和德贝拉克用袖子擦着鼻子，迈克尔则咬着大拇指说："巴黎，真的对不起。"

"冷静一下，"妈妈说道，"你们可以亲她，但是不能把她当旗子一样甩来甩去。"她从爸爸的怀里抱起我，然后把我放到地上。"你来厨房里帮我做饭吧，别和这些坏小子们待在一块。"

我跟着妈妈进了厨房。好像从那天开始我就从来没有出来过。从那天开始，我再也没有那种飞起来的感觉，再也没有撞翻过台灯了。从那时候开始，我知道我是女孩，他们是男孩。我眉毛上到现在还有条疤痕，额头上有个地方再也不长头发了。以后每当哥哥们看着我的时候，我就觉得他们能看到疤痕在提醒他们，可以亲我，但是不能把我当旗子那样甩来甩去。

别人知道你会流血的话，他们对待你的方式就不一样了。

我了解这一点。我想迈克尔比家里的任何一个人都要了解这一点。

3

胆小鬼迈克尔挨揍了

她把他推到墙上，他的背一次又一次地撞在墙上。迈克尔一脸震惊的表情。他每次都表现出好像可以随时离开的样子，可事实不是这样。他好像在笑，有时人们感到疼的时候也会这样笑。这种笑让人觉得毛骨悚然。

"好了，够了。"我说。

"谁在说话？"塔娜佳问。

我不知道谁在说话，我也不知道自己该不该说话。她和我一样大，可是她和他一样高，而且比他块头还要大。她以前没这么恶毒的。我在图书馆经常见到她，夏天的时候，哥哥们总把我带到图书馆去，他们会在有空调的房间里晃来晃去，我会找书看。我没怎么和她说话，因为她看到我和哥哥们在一起的时候，脸上总会露出不友好的表情，而且时间长了，这种表情更加明显。回学校以后，她没对我怎么样，却开始有意针对迈克尔了。她想动手就动手，一点理由都没有。

我知道我打得过她，因为我都快气疯了。可是那又怎么样？他不能让比他小三岁的妹妹帮他打架呀。有一次迪金格很清楚地告诉我，我要是帮迈克尔的话，操场上那些孩子们的兄弟姐妹们就全都知道了。以后迈克尔去高中，大家都会嘲笑他是个窝囊废。德贝拉克说："哎呀我的上帝呀，没有五年级的妹妹帮忙的话，迈克尔会被一个五年级的女生一直欺负的，这个日子可不好

过呀。"我们试过给迈克尔打气，但一到真动手的时候，他就泄气了。

"你一把把她拽过去，她自己就会滑倒的。"迪金格出了个主意。

"我们会教你的，"德贝拉克说，"看见没有，打架的时候把大拇指放在拳头外面，这样就不会伤到手。"

"不行，"迈克尔说，"这不是我的风格。"

"我看我们还是别浪费时间了，他是个胆小鬼。"德贝拉克下结论说。

"是吗？那鲁比·布里奇也是胆小鬼吗？"迈克尔指的是黑人小孩和白人小孩第一次允许在同一所学校上学时的那个黑人小女孩。"有很多人欺负她，大孩子们把她推来搡去，可她只是站在那儿为他们祈祷。我会像她一样勇敢的。"

"回到二十一世纪来吧，"路易斯打断他说，"我们正等着你呢。"

"你知道你的问题出在哪儿吗，老兄？你儿童节目看得太多了。"迪金格说，"告诉你吧，我要是鲁比·布里奇的话，我会让他们乖乖地做祈祷，不然的话，砰砰！他们的脑袋瓜子就得开花。"迪金格摆了个扔砖头的慢动作。

"你要是这么做的话，就别想进天堂了。"我提醒他。

"我宁愿待在他们吃砖头的地方！"德贝拉克说。

"你想待在哪就待在哪儿吧。"迈克尔说。

"也许你应该把塔娜佳摔到壁炉架子上去，"迪金格说。"不过你不敢，因为你晕血。"

哥哥们哄堂大笑起来。迈克尔转身走了出去。

"圣迈克尔，神圣的精神与你同在！"路易斯叫道，"非暴力不抵抗！世界和平奖属于你！你将战胜一切！"

"是的，我将战胜一切。"迈克尔转身答道，接着他骂了路易斯一句粗话，这个行为让我们确信他离圣人还有很长一段距离。

迪金格挠了挠头，"怎么就没有一个哥们为他两肋插刀呢？他难道就只有那一个朋友吗，就是那个和他玩过家家游戏的白人男孩？"

迈克尔有一个朋友，叫弗雷德里克，不是弗雷德，也不是弗雷德里，是弗雷德里克。他看起来就像教学影片里走出来的人物一样，没意思透了。他穿领尖钉有纽扣的衬衫，戴麦尔坎戴的那种眼镜。可是弗雷德里克是个白人啊，相信我吧，白人戴那种眼镜的效果是完全不一样的。他和迈克尔一起在厨房做饭，你知道吗，他来我们家竟然把自己的围裙也带过来。你猜得到路易斯又会说出什么风凉话来，不过他绝不会当着弗雷德里克的面说，他也最好别那么做，因为弗雷德里克人非常好。不管别人怎么不喜欢他，迈克尔倒真喜欢和他在一起，他俩相处得好极了。他们一起看烹饪节目的时候，完全和其他人看体育比赛的场面一样，电视里的主持人一加佐料，他们就开始大呼小叫：

> 1."噢，你听到那种滋滋声了么？太棒了！"好像他们支持的球队赢了一样。
>
> 2."噢，不要，停，停！他又搞砸了！"好像他们的球队刚输球，他们正在对那个输球的球员大发脾气。

"迈克尔就像'那个'一样软弱。"路易斯说。

我想知道，他像什么一样软弱。

我爸妈倒不担心迈克尔的软弱，他们担心的是塔娜佳太强硬了。爸爸说："我想去学校和那个女孩谈谈。不是和她妈谈，是和她谈！"从那以后，迈克尔再也不和爸爸提这件事了。

妈妈说："想一想马丁·路德·金博士。你们对人要友善一些。如果那个女孩看到她影响不到你，她就不会再打扰你了。"希望只持续了一个晚上，一到早上就破灭了。

迈克尔也试图阻止过塔娜佳，可是他并不动真格的，只是无奈地挥舞着双手，样子看起来很可笑。我听见周围发出恶毒的、冷酷的笑声，像驴子发出的声音一样。直到有人过来干涉的时候，塔娜佳才住手。有时候是老师，有时候是校园保安，有时候是某个学生的妈妈，然后大家都散开了，好像一场游戏结束了。

可是这并不是一场游戏啊。深夜我穿过客厅时，透过半掩的门看到迈克尔一动不动地趴在床上，他肩膀上青一块紫一块根本没法躺下来。如果他有翅膀的话，那里难道不是长出翅膀的地方吗？我想，她把我哥哥的翅膀折断了。我想，我应该杀了她。我睡着的时候拳头也握得紧紧的，有时梦中拳头突然伸了出去，就好像我正在把她往墙上推一样。你感觉怎么样，啊？

我不能动手。迪金格和德贝拉克说得对，迈克尔得自己解决。我不能永远为他担心。我是每个哥哥的小妹妹，我得学着温柔一点。

4

超级读者俱乐部

我不是想炫耀，但我确实是超级读者俱乐部的主席。我做了很多表格，表格上的问题包括名字、地址、年龄和生日、家庭电话号码、手机号码、是否有过敏史等等。从五年级开学起到现在，我已经读过三十一本书了，这还不包括十四个印在谷物包装盒背面的说明、一周一次的电视指南、十九个用邮件发来的产品目录、包括但不限于波德丽邦儿童用品的广告目录。那里面介绍过一个带天篷的床，我真希望将来我也能有一个。我上二年级的时候，阅读课得过最高分，我的图书卡上也从来没有过期不还的记录，因为我家里的人都喜欢读书。迪金格和德贝拉克喜欢读Mad和Vibe杂志，路易斯经常读有泳装专题的体育杂志，以及通

Mad是美国老牌幽默类杂志，Vibe是美国一家重点介绍音乐的文化杂志——译者注

用汽车公司1979-1989年的维修保养手册。迈克尔读烹饪手册。爸爸读每周五报纸上的周末版，妈妈要是有空的话，就读我们的心思。在这样一个充满文学气息的家庭长大，我成为超级读者俱乐部的主席，实在太正常不过了。

我长大后想做律师和芭蕾舞蹈演员，除此之外我还想开一个书店。希望我这个想法没有伤害到图书管理员艾丝帕诺莎小姐的感情，她那份工作其实挺好的。她说我长大后能成为一个优秀的图书管理员，因为我有强烈的正义感，而图书管理员必须为读书的自由而战。这个工作其实不错，不过我最想要的是那种带收银机的书店。我会在书店里举办现场音乐会，哥哥们弹琴的时候，我会拿着打孔卡片走来走去，如果他们读了我推荐的书，我就在他们的卡片上打一个孔，集满六个孔，买书就可以打九折啦。还可以有一些别的优惠活动，不过我现在还没想好。

我只知道长大要花很长时间。所以在长大的这段时间内，我告诉我的老师波迪小姐，我想为其他喜欢读书的孩子做一份时事通讯单。她问时事通讯单是什么意思，我告诉她，我想每周印一些资料，上面介绍一些我喜欢的书籍。如果他们读了我推荐的书，我就在他们的卡上打一个孔，这样班上的每个学生都可以成为超级读者俱乐部的会员了。波迪小姐在一个矮柜里翻腾了一会，拿出一些薄纸来，这些纸估计以前很平整，但现在已经压成手风琴的形状了；以前是粉红色，现在却变成灰色了。还有几罐蛋清颜料，也已经变成干粉状了，我们鼓捣了半天，可什么也没有鼓捣出来。她叹了口气，又拖出一个看起来像只金属恐龙的机器来，她说这是油印机。

我说："哦，波迪小姐，为什么不让我用电脑呢？"

她说："巴黎呀，电脑你随时都能用，不过，为什么不试试这个，全当是好玩呢？"她问我知不知道爱迪生，"就是他发明了油印机，"而且，"说到历史，就不得不说起古腾堡，为什么？因为是他发明了活版印刷，"而且，"他还用更加原始的方法取得了地震预测的巨大成就。"据波迪小姐的说法，天空是有限的，世界只是我的一个牡蛎，我想从里面取出什么珍宝就能取出什么珍宝，所以"要感谢油印机这个相对现代的科技产品。"我知道她为什么这么说，因为有一次德里在电脑上做算数游戏（Number Munchers）的时候，双手太使劲了，所以我们教室里惟一一台电脑的惟一一个键盘被打坏了，每次我们

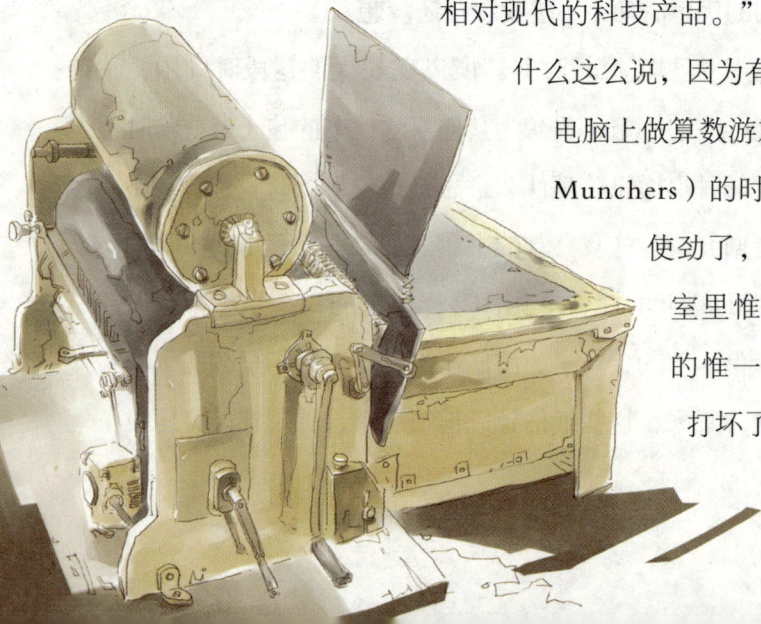

打开电脑，整个屏幕显示的就是 eeeeeeeeeeeeeeeee。但是波迪小姐是个很有礼貌的人，所以从来没有提起过这件事。她把一些蓝色的液体倒进一个大墨鼓里。她说最神奇的地方就在这儿，她总爱这么说话。我告诉她很好闻，她让我保证"不准故意吸气"，只有老师才能吸气，过了一会她又说"哈哈，开玩笑的"，边说边四处张望。

　　她教我先在一张蓝色的蜡纸上写写画画，接着把它贴在墨鼓边上拍平，然后她摇了摇手柄，机器咔嚓拉咔嚓拉叫了两声，哇啦！出来两张一模一样的。波迪小姐给我一整卷纸，告诉我尽管用，因为这个花不了多少钱。露兹说她可以画画，萨哈拉说她可以写评论，我可以咔嚓拉咔嚓拉，因为我是惟一一个会使用这个机器的人。波迪小姐说，我们是在为大家服务，所以我们每周可以得到一张贴纸作为奖励。我可不是想炫耀，不过我想我们确实很专业。

我仿佛觉得自己正在做一个梦，梦里我只迈出一小步，但身体已经飞过了整个街区。我觉得蓝色的墨水渐渐充满了我的身体，我觉得自己像个墨鼓那样旋转起来。我们就要出名啦。

图书馆里有一台电脑，艾丝帕诺莎小姐说如果我需要的话可以随便用。我很想用电脑，但是波迪小姐已经为我付出了很多，另外，我也很喜欢用咔嚓啦咔嚓啦，所以我向艾丝帕诺莎小姐解释说，用油印机会更节约一些。艾丝帕诺莎小姐说她很理解，她还提出可以帮我们设计会员卡。我们在一张纸上打出六张会员卡，每张卡上都印着一摞图书的标记。它们太漂亮了，我都忍不住妒忌起自己来了。萨哈拉和露兹帮我剪切卡片，然后我们把班上所有同学的名字都写在卡片上，好像过情人节一样，好玩极了。我们一直没弄明白，怎么在电脑上打出大大的句号（这些大句号就是以后打孔的地方）来，所以只好一个一个画上去。露兹说果味记号笔有水果的味道，所以我们每张卡都用不同颜色的果味记号笔画了句号。我们画了很多紫色的句号，因为葡萄的味道最好闻。露兹有过一张有孔的会员卡，孔眼是星星的形状，我猜没人会有那样的孔眼吧，这样其他人就不能作弊给自己打孔了。我有点想做打孔员，算了，我还是操作油印机吧，我已经很满足了。

艾丝帕诺莎小姐说："巴黎，要注意，如果你推荐的书在图书馆里只有一本的话，其他的孩子就不得不排队等着，这样借书的过程就会变得很慢很慢。"萨哈拉说："为什么我们一定要推荐某一本书呢，为什么我们不能推荐一个作家或者一个主题的书呢？比如说，比弗莉·克里瑞的书，女孩子们可以读她写的关于女孩子的书，比如《毕组斯和拉玛娜》，男孩子可以读《老鼠和摩托车》。"没错，我要是开书店的话，一定会请露兹和萨哈拉做经理的。

波迪小姐把所有的草稿都叫做"水稿"。萨哈拉写了篇介绍比弗莉·克里瑞的水稿,介绍她是怎么写出那些男孩女孩都爱看的小说的，在文章最后，萨哈拉还列了份长长的书单。露兹从比弗莉·克里瑞某本书的封面上拷贝了一张图片，我从电脑上打出印刷体的字母作为我们的标志，并把它复制到蜡纸上。露兹开始用

比弗莉·克里瑞（Beverly Cleary）：美国知名儿童小说作家——译者注

她那圆圆的，整齐的字体抄写萨哈拉写的文章，她全神贯注地写啊写啊，嘴巴抿得紧紧的，写得很慢很慢。我们把复印件给波迪小姐看，她给了我们每个人一个热烈的拥抱。她说她很开心，因为她有很多比弗莉·克里瑞的书。她从抽屉里抽出几本平装书，我们用两次课间休息的时间在书上贴上清晰的联系方式。我想到了"愉快"这个词，我知道愉快是个很土的词，不过那就是我当时的感受。我们坐在窗边一起工作，波迪小姐的收音机里传出的声音，在教室里的每个角落里轻轻地回响。

当我做那些咔嚓啦咔嚓啦的工作时，我感到开心极了，仿佛躲到了一个别人找不到我的地方。在那里，我不再是操场上那个看着哥哥被欺负的女孩，不再是那个内心想着要违抗《圣经》，想要报复的女孩。那时的我，只是一个有教养的女孩子。那才是真实的我，是我希望成为的那个我。

5

我是一只快乐的小小鸟

爸爸说音乐是有咒语的，我亲眼见到过。教堂里的唱诗班开始唱歌的时候，那些上了年纪的人就开始晃动起来。他们闭上眼睛仿佛在跳舞一样，跺着脚，拍着掌，左右摇晃着。哦，我的上帝，他们完全不知道自己在什么地方了，不过耶稣喜欢他们现在的样子，所以我弄不明白他们为什么要感到难为情呢？哎呀，诺森太太，你弹琴的时候也是这样，你的双手充满了活力，像孩子的手那样轻盈地跳跃着。哎呀，诺森太太，你弹琴的时候，我能听到嗡嗡的电子声从耀眼的光亮中传了出来，好像在说：尽情地弹吧，诺森太太！

诺森太太突然停了下来，她揉着手指上的关节，抱歉地说："关节炎犯了。"

"太棒了，诺森太太，你弹得太棒了。"

"那是以前。"她的手指滑过键盘，深情而伤感，就像有些人的目光扫过老照片时一样。"每天都得练习才能弹得好。"她又开始从c-d-e-f-g-a-b-c教我了，我不想显得很没礼貌，但我不得不告诉她："诺森太太，我已经会弹音阶了。"

她若有所思地看着我，我知道她在回忆我们上第一节课的情景，她曾经把我的手使劲地按在键盘上。但是老年人也有可爱的地方，那就是他们可以假装忘了。"哦，是吗？那弹给我听听吧。"

我开始边弹边唱《上帝的目光落在麻雀上》。

这首歌我是在教堂里学会的。我很喜欢教堂，简直是太喜欢了。我去的教堂是我奶奶以前去过的那个，我知道每个星期天她都会戴上一顶好看的宽边帽子，虽然我从来没有见过她。可是只要我看到戴宽边帽子的老奶奶，我就知道我奶奶就在教堂里的某个地方。你可能不知道她们的名字，但是你很快就能知道谁是奶奶了。她会掸掉你肩膀上的棉绒屑，会系上你裙子背后的带子，会擦掉你嘴角的脏东西，会沿着长椅子递给你一块薄荷糖。她们上下左右地摇着扇子，好像有只飞蛾一会儿降落在她们的大腿上，一会又从她们的头顶起飞一样。小孩子们哭闹的时候，老奶奶们会转过身来免费提供各种建议，内容包括"也许昨天晚上你不该和你的男性朋友在外面待得太晚了（哼！），你最好回家把孩子放在床上让他好好睡上一个小时，这样他就不会在教堂里哭了（阿门！），好吧，你可以一直这么看着我，但是没有人可以改变河流的方向，现在也没人办得到"。

然后弗莱亚牧师开始布道了："十字架上有一条直线指向天堂，还有一条直线指向地平线。"他说如果我们希望服侍上帝，我们必须同时做两件事：往上无限延展以接触天堂，往下无限拓展以碰触地面。阿门！阿门！老奶奶们回应道。只有等到老奶奶们说出阿门的时候，牧师的那些话才能变成真的。然后我们一个音符一个音符地唱起歌来，我们用音乐的水泥和砖，建造了一堵信念的墙，哈利路亚！那个时候，我的哥哥们负责弹琴，我就在旁边唱歌增加快乐的噪音，那个时候，我相信天堂，因为我看到了。

但是有天深夜，教堂着火了。所以现在每个星期天的早晨，大人们总是告诉我们要听话，因为新教堂太大了，我们乱跑会迷路的。教堂乐队里的孩子们早已经被选好了，所以大多数时候我的哥哥们就没什么机会演奏他们的乐器了。新教堂里还有一台很大的空调，老嗡嗡地响着。我再也闻不到鲜花的香味，头发油的气味，甚至别人身上的汗味了。我觉得这样很不好，我想弗莱亚牧师肯定会用"很物质"这个词来批评我们失去的那些真实的东西。

我想新牧师布道的时候，我最好还是去看电视，因为他离得太远了，我可不认为他会认识我们中的任何一个人。他说话的方式是这样的："你们不要在教堂里表现出一个样子，一出教堂门又换成另一副样子，回到教堂又好像什么也没发生一样，就好像生活只是一张素描，涂完了星期天早上再抹掉就好了！"换句话说，就是不要在教堂里做好人一出教堂就做坏人。我知道这里就有一个这样的家伙，瞧瞧谁在这儿呢，第五排，愚蠢的塔娜佳正顶着她那圣洁的光环。她没往我这边看，她要是聪明的话最好别往我这边看，要不然有她好看的。她还穿着那条带泡泡袖和松紧花边的紫裙子，裙边离膝盖老高老高，我怀疑她从八岁开始，就一直穿着这条裙子来教堂做礼拜。她的头发倒很干净，清爽地在脑后扎成个马尾辫，再配上她脖子上戴着的那串白色项链，她看起来的确很漂亮哦，但我不得不说的是，即使魔鬼也知道怎么在星期天把自己打扮得漂亮一些吧。

我再也不想去那个教堂了，我很高兴可以在诺森太太的公寓里，在诺森太太面前唱赞美诗。公寓很整洁，诺森太太看起来就像一个老奶奶一样。

但是诺森太太无论从哪个方面看，都不像一个慈祥的老奶奶。我唱歌的时候，她不会说"巴黎，你太棒了"，或者"哦，我的上帝啊，巴黎，我真不知道你进步得这么快"，她会说："你真的相信么？"

"相信什么？"

"相信上帝的目光落在麻雀上？"

"是的，诺森太太。"歌词里就是这么写的，难道不是吗？

"你真这么认为吗？"诺森太太问道，"世界上发生那么多事情以后，你还这么认为吗？"这个世界到底发生了些什么呢？我猜我正用一种滑稽的表情看着她。

"你知道吗，那首歌让我想起一件事，很早以前的一件事，我到现在还记得清清楚楚。那时候我和你现在差不多大，有一次，我躲在森林里，我看到什么了呢？好吧，我告诉你，我看到一只大老鹰落在一只花栗鼠上。据我所知，花栗鼠从没做过任何对人类有害的事情。这时候，有一只小麻雀飞了过来，它唱着歌好像什么也没有看到，唧唧啾啾，好像什么也没有发生一样。上帝的目光落在麻雀上，也许吧。但是麻雀的目光落在什么地方呢？这是我想知道的。"

我想知道的是，故事真的讲完了吗？

她轻轻拍了拍我的手。"请恕我直言，"她说，"我知道如果我们相信真的有人站在云上，什么也不做，只是看着小麻雀和花栗鼠，也是件不错的事情。"

"是的，诺森太太。"我觉得自己开始明白了，我猜她想表达的那个词是"愤怒"。"嗯，是件不错的事。"

她耸了耸肩，但是她耸肩并不意味着是或不是，只是表明她不知道。"我想我已经变成不可知论者了。"

"也许验光师能帮助你。"我建议道。

"你是在说散光吧，"她说完大笑了起来。"也许上帝有点散光。"嗯，我有种直觉，诺森太太肯定没有受洗。

"我可不是这么认为的。"我说道。在这件事上我得表明自己的观点，不能有任何混淆。"我是上帝的见证者。"我们在教堂里就是这么说的。

"见证者，真的吗？"诺森太太一字一顿地说，她盯着我的脸足足看了好一会儿，时间过得慢极了，我也感到尴尬极了。"好了，巴黎·麦柯格雷，我很高兴知道你的想法。另外，事实上，你的钢琴弹得很不错。既然你那么喜欢小鸟，我就教给你这首歌吧。

"我是一只快活的小小鸟，我告诉你
怎么做得和我一样。
要做一只快活的小小鸟，她唱歌时
要感觉在天堂。"

巴黎把不可知论者agnostic误解为散光astigmatism——译者注

受洗是基督教徒的一种仪式——译者注

　　然后她让我唱我的《上帝的目光落在麻雀上》，她唱她的《我是一只快活的小小鸟》，合起来唱就是这样的：

　　诺森太太：我是一只快活的小小鸟，我要告诉你怎么做得和我一样。

　　我：为什么我会气馁，为什么阴影会降临到我的身上？

　　诺森太太：一只快活的小小鸟唱歌时，就是在天堂。

　　我：为什么我的心如此孤独、如此渴望天堂和家乡？

　　诺森太太：我很遗憾地说，你已经没用了。

　　我：当耶稣在我心中，他就成了我的朋友。

　　诺森太太：如果你逃避你将什么也看不到……

　　我：上帝的目光落在麻雀上，我知道他就守护在我的身旁。

　　我们唱歌的时候她开心得手舞足蹈。"巴黎·麦柯格雷，我相信你和我一样，也是一只快活的小小鸟。"诺森太太说。

　　我在心里悄声说道，我可和你不一样。

　　我和迈克尔一起回家的时候，我看到一个男人睡在一户人家的门廊上，他的鞋子破了，三个脚趾头都露在外面。我想知道的是，上帝的目光落在这只麻雀身上了吗？好像没有吧。我想他有可能不喜欢穷人，可是如果他不喜欢穷人的话，又为什么要制造这么多呢？还有一个疑问闪过我的脑袋，教堂失火被烧掉的那个晚上，上帝的目光又落在什么地方呢？真有人站在云上吗，听起来好像是有点愚蠢啊……我尽力想忘掉这些念头，也许不可知论者是会传染的。

一辆小轿车呼啸着开了过去，汽车的玻璃窗是黑色的，我们能听见自动玻璃窗滑落下来的声音。迈克尔松开我的手，让我走到路边去。他没看那辆小轿车，假装没有看见它开过去，虽然我听到车开过时他叹了口气。然后，他又拉起我的手往前走。我看到塔娜佳坐在车里，眯着眼看着我们俩。

我感觉到很多目光都在看着我们，我希望上帝的目光落在我们身上。迈克尔的目光一直落在天空盘旋的鸽子上，他一定想离那些黑暗的东西越远越好。

6

读书的奖励

我们在教室里发第一期超级读者俱乐部的宣传页时，大家激动得从座位上跳了起来，他们把我们围在中间，都想第一个拿到宣传页。这样做很不礼貌，波迪小姐不得不大声提醒大家坐下来，不要着急，每个人都会有一张。接着我站到教室前面，喊一个人的名字，就发一张打孔的会员卡，每个人都表现得很好，我也很兴奋，心里像橙汁汽水一样甜滋滋的。露兹说话有口音，很害羞，萨哈拉发音很标准，但是很紧张，所以我成了俱乐部的发言人。

"关于超级读者俱乐部，大家还有什么问题吗？"波迪小姐问道。

"'独自阅读'时间可以参加俱乐部的活动吗？"安吉丽娜问。

"可以。"波迪小姐说。

"做难题的时候可以参加吗？"拉斐尔问。他总是把做数学题叫成做难题。

"这个嘛，不可以，"波迪小姐说，"除非你提前做完了作业。"

"其他班的学生可以参加吗？"

"我不知道，"波迪小姐回答。"巴黎，你说呢？"

其实我也不知道。我看着露兹和萨哈拉，她俩耸了耸肩，也睁大眼睛看着我。

"会员卡这次已经用完了，"我解释说，"也许下次吧？"

"听起来不错，"波迪小姐说。

莎其亚举起了手。"我读了六本比弗莉·克里瑞的书。能给我打六个孔吗？"

"我已经读了二十本啦。"德里说。

莱香达清了清嗓子。"是啊，你是第一名。"

德里看着书单叫道："我看过《亨利·哈金》！"

"那又怎么样！"柯迪莉亚说。

德里像眼镜蛇一样从座位上探起身子，好像随时要给柯迪莉亚一拳头。"我恨你们，你们从来都不相信我说的话。"

"你怎么知道大家到底有没有读过呢？"詹妮问道。

"我也不知道。"我承认。

"你们几个管理员可以先把这些问题记下来，下次开会再讨论。"波迪小姐建议道。露兹和萨哈拉飞快地拿出笔记本来，我当时想到了"秘书"这个词。"只要人们爱护自己的荣誉，那么我们就可以用同样的方式对待他们，德里，是不是这样？"波迪小姐似笑非笑地看着德里，她用最温和的方式回应了他刚才的愤怒。"好了，最后一个问题。"

"我有个问题，"塔娜佳说，"我们会得到什么？"

"什么意思？"

"我的意思是，如果我们的会员卡打满了孔，我们会得到什么奖励。"

多么愚蠢的问题啊，我一点也不感到奇怪，只有她这种人才问得出来。也许你想要一块免费的比萨饼吧，或者是一张免费的游乐园门票，一块奖牌？塔娜佳呀，我知道你要是真的得到了，你也不会要的。

"什么奖励也没有，"我生气地说。"你就是读再多的书，也没有任何奖励。"

露兹和萨哈拉交换了一下眼神，哦，我应该和她们商量以后才回答的，我立即意识到了这一点，于是感觉糟糕极了。读者俱乐部的事情当然不是由我一个人来决定的。我的回答也让其他的同学很不高兴。

"这样吧，我们可以组织会员卡上打满了孔的同学一起去看电影。"波迪小姐建议道。这个建议让所有人又都兴奋了起来。"不过，还是要等俱乐部的管理人员来做最后的决定。"

"谢谢你。"我说。

"好的。"露兹说，"我们会讨论的。"

"巧的。我们费讨论的，我们费讨论的。"拉斐尔拿露兹的口音开起玩笑来。露兹用西班牙语说了句什么，谁也不知道她到底是怎么回击他的，不过我们都看到拉斐尔灰溜溜地坐回到椅子上，波迪小姐的眉头皱得老高老高的。我们的老师抬起头盯着天花板，叹了口气说："有一个老太太住在一只鞋子里。"

"你可没住在鞋子里，"德里说，"你现在待在教室里呢。"

"上帝啊，你能不能不说话！"莱香达说，"他们怎么能允许像你这样的人从四年级升到五年级来呢？"

"我想知道他们是不是把那个老太太的鞋带拿走了。"波迪小姐说。事实上，没人知道她在说什么，所以游戏到此为止了。波迪小姐经常开这样的玩笑。

7

迈克尔，别做懦夫！

事情变得越来越糟糕了。以前课间休息的时候，迈克尔不得不待在教室里下象棋，或是看看老师有没有什么需要帮忙的，而现在他连操场上的小花园都去不了了！他的一只眼睛下面青了一大块，是塔娜佳打的。我真的不敢相信，有人会把拳头伸到另一个人的眼睛上去。我觉得我们要对付的人好像不能算是人了。

放学以后，我和迈克尔赶紧回家做晚餐。妈妈总是说，她在餐厅干了一整天的活，回到家冰箱也不想开，蛋黄酱也不想看，更别说要打开炉子做饭了，所以她每天只给我们做一顿早餐就够了。我的四个哥哥加上我还有我爸妈轮流做饭，我一周要准备三次晚餐。我做饭的时候迈克尔一般都在厨房里帮我的忙，反正路易斯总是把他关在外面他也进不了自己的房间，所以他在厨房里和我聊天，我也经常看他做饭。他的手艺棒极了，他切胡萝卜的姿势和电视里的厨师一样，他打鸡蛋的时候很用力，蛋花飞得老高几乎都要飞到碗的外面去了，它们好像在说，**求求你了，别这么用力，我们会听话的！**我也学迈克尔的样子打鸡蛋，可蛋花总是溅得到处都是，每当这个时候，迈克尔会默默地用餐巾纸把它们都擦干净，然后非常耐心地拍拍我的肩膀说，"多练习就好了。"我想我心底最喜欢的哥哥还是迈克尔。迈克尔告诉过我，他不想和路易斯住在一个房间，他觉得很不开心。他说路易斯睡觉的时候经常放屁，经常给他梦中的女孩唱歌，而且跑调得厉害。

我想既然家里的每个人都和其他人共住一个房间，那我也可以呀。所以晚餐的时候，我说："妈妈，为什么迈克尔和我不能住在一个房间呢？"

这个问题爸爸替妈妈回答了。"不行，公主需要有她自己的房间。"

"我可不是什么公主。"我提醒他。

"啊，你当然是公主啦，永远都是我们的公主啦，哇啦啦。"迪金格摸摸我的头发又亲亲我的脸，我不得不打了他一拳。

路易斯开口了。"嗯，让迈克尔和巴黎住一块吧，他们可以一起睡在那个粉红色的带天篷的双人床上，一定超可爱。"

迈克尔大笑道："他说得对，一定超可爱。"

大家都笑了，我把迈克尔的头按在我的胳肢窝下猛敲了几下，就像爸爸收拾路易斯那样。但我的反击好像不大明显，迈克尔的笑声只是变小了一点，他温柔地拿开我扳着他肩膀的手，好像脱掉一件毛衣一样。"好了，我得收拾桌子了。"他说。

"等等，"爸爸斜着眼睛看着迈克尔，"你眼睛怎么了？"

迈克尔回答说："撞到门了。"

"你想撞到门就能撞到门吗？挨打了？"

妈妈站起来想摸摸那块被打青的地方，迈克尔往后退了退。

"不要告诉我又是那个女孩干的！学校难道一点都管不了吗？"爸爸站起来想去打电话。

"爸，不是在学校，是在公园里。"

"是吗？你哪有时间去公园？那个时候你应该陪巴黎上钢琴课然后直接回家。那么短的时间你哪有什么时间去公园玩？"

迈克尔和我交换了一下眼神，迪金格和德贝拉克也对看了一眼，我知道他们在想什么。迪金格和德贝拉克还欠迈克尔二十多块钱，讨价还价之后他们达成了一笔交易，他们可以少还七块钱，作为回报，一旦爸妈问起迈克尔受伤的事情他们就得做掩护。

"那天我被锁在外面了，"德贝拉克说。"所以迪金格给迈克尔打电话让他……"

爸爸往前探了探身子。"是吗？然后呢？"

"然后……事情的经过就是这样的。"

"我不知道这么短的故事怎么能让我睡得着，"爸爸说，"迪金格，你难道没有钥匙吗？"

"我有，不过忘了放在哪儿……"

"迪金格，你撒谎的时候声音不能再大点儿吗！钥匙不是挂在你脖子上吗？你是不是要告诉我你忘了脖子在哪儿了？"

"那七块钱还算数吧？"德贝拉克小声问。迈克尔重重地给了他一拳头。

"爸！"我开口了。"为什么我上钢琴课的时候迈克尔一定要坐在那儿？这太不公平了。"

"这和公平不公平没有关系！你以为我和你妈是印钞票的机器吗？迈克尔，你要是真的专心听课的话，我们就可以付一个人的钱上两个人的课了。别以为她只是个平常的老太太，绿磨坊酒吧的人告诉过我，她以前可真是个大人物，不是冒牌的，是真货。"

诺森太太就是诺森太太，什么真货不真货，爸爸知道的原来就是这些事情啊。妈妈的眼睛看着地板，也许她也觉得爸爸刚才说的好像是在形容偷东西一样。

"你就坐在那个老太太家的沙发上，边听边学，直到学会为止！"爸爸在离迈克尔脸前三英寸的地方，边说边晃了晃胖胖的手指。

"你们老是欺负迈克尔，我受够了！"我站起身来。"爸，你和塔娜佳一样坏！路易斯，你也是！总是把他关在房间外面！"

"巴黎。"我想妈妈是在责备我了，我可不喜欢别人责备我。我也把手指伸到爸爸面前使劲摇晃着。

"你喜欢这样吗？喜欢吗？"

爸爸看起来并不是很喜欢。

"OOOoo，巴黎疯了。"迪金格小声说。

"你怎么能偷那个可怜的老太婆的东西呢！"

"巴黎！"妈妈好像真的生气了。

"还有你，妈妈，你只会嘴上谈马丁·路德·金！"我把盘子咣当咣当地摞到一块，"看到迈克尔的黑眼圈了吗？那就是马丁·路德·金想要看到的吗！"

"OOOoo！"迪金格和德贝拉克从椅子上站起又坐下，坐下又站起，一刻也不老实。"OOOoo！"

"闭嘴，笨蛋！"我愤怒地说。"你们两个总有一天会搬起石头砸伤自己的脚。"诺森太太有一次就是这么说她的房东的。哥哥们听我说完都大笑了起来。

"她太小了，不是吗？你们把她宠坏了。"妈妈说。

"妈妈！"现在是我在责备她了。

"别叫我妈妈，"她说，"你竟然敢这样和你爸爸说话，我看你这次怎么办。"

"是啊，那你不得不弹琴给我听了，"爸爸说，"晚餐后表演吧。"

"我不想弹。"我板着脸说。

"那你就该在提起马丁·路德·金博士的名字之前，好好想一想再开口。"爸爸低声说道。桌子旁的每个人都瞪着我，我觉得真没面子。

"迈克尔，你没用暴力就把这个问题解决了，我很为你骄傲。"妈妈最后说。解决什么了？我很想知道。迈克尔不自然地笑了笑，我看得出来他也想知道。迪金格和德贝拉克飞快地向对方使了个眼色，动作快得像在老师眼皮底下做小动作一样。"你们连一点对付那个姑娘的好办法都想不出来了吗？"妈妈看出了我们的心思。"我的意思是，迈克尔做的是对的，但我们还是要解决这个问题。"

"还好，她只打伤了我的一只眼睛。"迈克尔说。

我们都忍不住笑了。

如果说妈妈没必要知道家里发生的所有事情的话，那就好像说太阳没必要发光一样。不过，这并没有让迪金格和德贝拉克的恶作剧减少一点。就拿他们偷东西来说吧，他们两个会把偷来的东西，主要就是些汽车车盖上的小装饰品，藏到床底下去，直到事情平息下来或者人们不再找了为止。我想其他人可能会用"声名狼藉"这个词来形容我这两个哥哥，但我想他们至少还是很专业的，而且很乐意把自己的专业知识奉献出来，特别是当爸妈在另外一间房间里看电视，什么都听不到的时候。

"我们可以帮你对付那个女孩。"迪金格说话的时候笑得把嘴都快咧到耳根去了。"我们知道怎么对付她。"迪金格会卖给你一瓶空气然还问你要瓶盖的钱。不过，迈克尔才不会上当呢。

"不用了，多谢了。"迈克尔说。

德贝拉克靠着迈克尔的肩膀说。"没什么大不了的，也许一个电话就搞定了，保准吓得她屁滚尿流，她只不过是个小女孩而已。"

"你说得对，"迈克尔说。"她只是个小女孩而已。你认为马丁·路德·金博士会给一个五年级的小女孩打恐吓电话吗？"

"马丁·路德·金博士，马丁·路德·金博士，"德贝拉克模仿迈克尔说话的样子，"你的语气和妈妈一模一样。老兄，看看你的眼睛吧，我想我们需要一个新的家庭医生了。"

"谢谢了，我还是喜欢我们现在的这个。"迈克尔边说边气呼呼地走了出去，不过我们家房子太小了，他离开这个房间也没什么地方可去。于是他只好到厨房洗碗去了，因为洗碗的时候一般是不会被打扰的。

我去厨房找迈克尔。从背后看，他好像很不开心，不过等他转过身来，我发现他一脸兴高采烈的样子。"这确实是个好办法，"他边说边甩掉手上的水滴。"我的意思是，给她打电话。"

"什么？"

"也许只要给她打个电话，让她住手就行了。"

"迈克尔，我不知道有没有用。"

"要是我私下告诉她，也许她就会住手的。也许她只是想炫耀一下。你去要一下她的电话号码，好吗？"

"我可不想去要她的什么鬼电话号码。"我生气地说。

"你没必要这样嘛。"迈克尔皱起了眉头。

为什么你非要这样呢？我也很想知道。

★★★

星期天的早晨，我们去教堂做礼拜。牧师讲到圣经里该隐如何杀死他的弟弟亚伯那一段，上帝问该隐："亚伯在哪？"该隐卑鄙地回答上帝："难道我是我弟弟的守护人吗？"他的意思是说，我怎么知道他在哪儿呢？牧师接着说，我们最好都想想我们的兄弟姐妹现在都在哪，我们有责任互相关照。我发誓第五排的那个小骗子一定正哭得稀里哗啦的，旁边的一位老奶奶一定正在给她递餐巾纸呢。我心里想，塔娜佳，你就装吧，你会为你所做的事情哭鼻子的。

礼拜结束后，我拽着迈克尔走到泪水涟涟的塔娜佳身旁。她妈妈正在和其他人说着话。塔娜佳看着我说："巴黎，我不知道为什么你走到哪儿都要把你哥哥带着。"迈克尔想松开我的手，看样子他想亲自说服她。

我紧紧抓住迈克尔的手，盯着塔娜佳说："你想怎么样？难道你不打算当着上帝和你妈的面狠狠揍他一顿吗？"

"巴黎！"她喘着气说，"这是在教堂。"

"塔娜佳，你以为你真的是圣徒吗？来吧，只打一只眼睛好像不是淑女做的事。最好把这只也打了，刚好凑成一对。"

我知道我不应该这么说话，但是这个规则并不适用于以下两条，

1. 你在芝加哥；

2. 在打架的时候。

她看着迈克尔，迈克尔则微笑地看着她。他微笑的样子和在操场上一样，很可怕，好像他们之间只是有些小误会罢了，只要

他一开口解释就什么事都没有了。她转过脸去，像一个五岁小孩那样摇摇晃晃地走到她妈妈身边。我看到她脸上闪过一丝痛苦的表情。迈克尔也看到了。

"你知道你都做了些什么吗？"迈克尔松开我的手，低声怒吼道。"我真为你感到害臊！"

"为我感到害臊？"我愣住了。也许上帝的目光正看着我们俩，但他也就是看着罢了。也许这就是为什么我们必须要保护自己的兄弟姐妹的原因。也许我们之间的互相关照才是最重要的。可是如果是这样的话，问题就大了，如果我想照顾我的哥哥但他根本不想被我照顾怎么办？迈克尔穿过走廊大步向外走去，一排排空空的长椅被他甩在了身后。

第二天在操场上，塔娜佳向我大发脾气，我以为是关于教堂的事情，但其实不是。"我读了《勇敢的拉玛娜》，"她说，"给我的读书卡打孔吧。"

"书里讲了些什么？"萨哈拉认真地问。

"这个问题你们会问所有人，还是只会问我？"塔娜佳说。"快点给我的卡打孔，要不然我要告诉波迪小姐去了。"

"去吧，去告诉她吧。看看波迪小姐会不会问你书里讲的是什么。"我说。

"你们的俱乐部真傻，我会说服波迪小姐让我自己办一个的。"

"你已经参加了我们的俱乐部，"露兹说。"班上的每个同学都参加了，是吗，巴黎？"

"看到了吗，问题就在这儿。有哪个俱乐部是所有人都能参加的呢？"她轻蔑地说。

"你想要办一个什么样的俱乐部呢，塔娜佳？是揍人俱乐部吗？"我能感觉到那个愤怒的坏女孩正在我心里蹦跳着想要钻出来。你觉得怎么样，啊？我的拳头攥紧又松开，松开又攥紧。

"把卡给我吧。"露兹边说边从塔娜佳手中拿过卡片。她从口袋里拿出打孔机，飞快地在卡上打了个孔。"好了。"

"我还读了《讨厌的拉玛娜》。"塔娜佳说。露兹叹了口气，又在她的卡上打了个孔。塔娜佳微笑地对我挤了挤眼睛。她从我身边走了过去。"你哥哥在哪儿呢？"她问。我没吱声，心里暗自祈祷他还在教室里下象棋。

"要是班上每个同学都是会员的话，确实有点麻烦。"萨哈拉说。"也许我们要再考虑一下。"萨哈拉有很多好点子，不过她不是那种喜欢和很多人待在一块的人，所以对她提出要减少俱乐部人数的想法，我一点也不吃惊。

"这是个很好的俱乐部，也许我们只能让有资格的人参加。第一个月我们可以让每个人都参加，但从第二个月开始，只有卡上打了六个孔的同学才能继续留在俱乐部。"刚才说话的是谁呢？一个愤怒的坏女孩正在使用我的声音和身体，可是我一点都不认识她。

"还有一个想法，你们看怎么样？卡上有六个孔的同学才可以参加我们的讨论会。"萨哈拉建议道。

"人太多了，"我说，"我们得去掉一些人。"

"那好吧，反正瑞秋已经快让我发疯了。"萨哈拉说，她的表妹瑞秋也在我们班上。"她从来不看书，整天只知道坐在电视机前面看那些愚蠢透顶的电视节目。"

"柯迪莉亚太傲慢了……"

"就是！我希望永远也不要见到她。"

"不行。"露兹坚定地说。"不行！发试卷的时候，你们难道只把试卷发给某一些同学吗？波迪小姐不会让你们那么做的，我也不会。我不想参加一个会开除人的俱乐部，不管你们开除的是塔娜佳，还是柯迪莉亚。"她看起来很认真，而且还很心烦意乱。"不准开除人！"

"好的好的，"我说，"我们不会开除任何人的。"

"在这个俱乐部里不会有任何人被开除。"露兹坚持说。她说话的时候我不知怎么想到了迈克尔。"你们到底怎么了？"她的眼睛看着别的地方，身体轻轻颤抖着。萨哈拉和我担心地交换了一下眼神。

"你说得对，"我安慰她，"对不起，露兹，是的，你说得对。我也不知道刚才是怎么想的。"我轻轻拥抱了一下露兹想要安慰她，没想到这个动作让她擦起了眼泪。萨哈拉和我又交换了一下眼神，眼神里带着点尴尬的意思，有可能不全是因为露兹现在很难过，而是因为我们都知道另外一个人在想什么：如果这个世界上没有某些人的存在的话，简直太美好了。不过露兹是对的。这个世界要么就是什么人都有，要么就不是一个世界了。

8
玫瑰色的眼镜

我上钢琴课的时候，迈克尔就坐在诺森太太的卧室里用她的唱机放比尔·伊文思的音乐。卧室里有一个滑动门，所以我们谁也不会干扰谁。他就这么等着我，好像一点也不觉得无聊，我真不知道他是怎么做到的。他很喜欢听诺森太太那些虚情假意的老爵士唱片。这些唱片是诺森太太以前的丈夫的，对于诺森先生，她是这么介绍的：

1. 死于腌牛肉病毒。

2. 他的秘书可能比她更想念他一些，不过——

3. 感谢上帝，她继承了他的遗产，所以现在她还能继续过着奢侈的生活。

比尔·伊文思（Bill Evans），美国爵士乐史上最优秀的钢琴家之一——译者注

　　我的钢琴课快上完的时候，咖啡桌上已经铺满像盘子一样的黑胶唱片了。有一次我推开滑动门，看到他正在沙发上跳舞，手里拿着一个鸡毛掸子做麦克风。幸运的是，诺森太太并没有看到他没脱鞋直接踩在沙发上。随他吧，只要他不觉得无聊就好了。

　　但是有一次我上课的时候，诺森太太家来了个女客人，迈克尔不好意思继续待在那里，就先走了，他的离开让我想到了"抗议"这个词。丝图沃兹太太从弗罗里达州来，她戴着黑色的太阳镜，我猜她是个盲人。她的黄色拐棍是木头做的，她的手指甲看起来也好像是木头做的。她的白头发微微地卷着，梳理得一丝不乱。我闻到她身上有股胡椒薄荷的味道。我觉得要是把这两个老太太经历的人生加起来，差不多有七百年那么长吧？我决定趁迈克尔不在场的这个绝好时机，问问她们该怎么对付塔娜佳。

　　"他是哪个地方得罪她了吗？"诺森太太问。

　　"我不知道，"我回答，"她不喜欢他身上的某些东西。"

　　"到底是什么？他欠她钱了吗？"

　　"没有。"

　　"她是不是喜欢上他了？"

　　"当然不是啦！"

　　"那就奇怪了，"诺森太太说。"他身上一定有什么东西让她很不安。"

"这不公平呀，"我解释道。"他比她大，她又是个女孩子，所以他又不能对她动手。"

"我想见见你的这个哥哥，"丝图沃兹太太说，"他听起来像一个真正的绅士，一个心地善良的大好人。"

我耸了耸肩。"他每天都被人推来搡去的，而其他小孩就在旁边只是看着……"我说不下去了，眼泪扑哧扑哧地掉了下来。

诺森太太轻轻地搂住我。"那个没用的小笨蛋真应该在她头上狠敲两下打出两个大包来才好！"诺森太太激动地说。"对不起。我知道塔娜佳只是个小女孩，但她怎么能这么欺负人呢？而且你刚才还说，其他孩子就在旁边看热闹？巴黎，你得小心那些孩子。如果他们只是站在旁边袖手旁观，看到一个好孩子被欺负而他们自己不觉得害怕的话，他们和她就没什么两样。"

"我觉得惟一能做的事情就是和她交朋友。"丝图沃兹太太说，"我是这么想的：这个女孩可以打一个陌生人的兄弟，但是她不会打她女朋友的兄弟是吗？我说得对不对？所以你想保护你哥哥的话，你就得和你哥哥的敌人做朋友，这样才能让她住手。"她边说边拍打着脑袋。

"继续敲吧，也许你能想出一个更好的点子来。"诺森太太朝她挥了挥手。

"我想说的是，戴上玫瑰色的眼镜去看她并不是什么坏事。"

"玫瑰色的眼镜是什么东西？"我问。

"戴上玫瑰色的眼镜，你就会用一种快乐的、乐观的方式去看这个世界，把世界看成你希望的那个样子。"

"丝图沃兹太太，她把我心里的魔鬼引出来了，现在让我用玫瑰色的眼镜去看她，根本就不可能。"我承认道。"我一看到她就气得不得了。"

诺森太太一声不吭地站了起来。她走进卧室，好像在找什么东西。等她回来时，手里多了一只记号笔和一副镶着宝石的眼镜。她在钢琴旁的咖啡桌前坐了下来，我看得出来她很激动，因为她的手像牵线木偶那样一直抖个不停，好像完全控制不住一样。她开始在眼镜片上用记号笔画起图来，我的眼睛珠子都快掉出来了！你不能这么做！不过记号笔的颜色涂不到眼镜片上去。

"真他妈的！"她抱怨道。我眨眨眼睛表示我的歉意。上帝请宽恕她吧，她只不过是个想在眼镜片上写点什么的老太太而已，而我呢，只是来上钢琴课的呀！

她重重地呼出一口气然后对我说："你能到厨房给我拿一支能用的记号笔吗，就在炉子左边的抽屉里？"我说："诺森太太，我可不认为这是个好点子。"她挣扎着想要站起来，动静大得就像卡车在建筑工地倒车时那样，我不得不在心里暗自祈祷上帝的保佑。我对她说："好啦，我去拿吧。"可我回来的时候，她说："不是这个，我要的是红色的记号笔。"哎呀呀，她不耐烦啦，于是我又飞跑进厨房给她拿了一只红色的记号笔，我知道老年人虽然行动很缓慢，但你要是不立即按他们说的做的话，他们会想办法收拾你的。

"你要做什么？"丝图沃兹太太问。

"等着瞧吧。"诺森太太回答。

"我怎么瞧得见呢？"丝图沃兹太太说。"巴黎，出什么事了？她在做什么？"

我也不知道，所以也没法回答她。我看着她用那支永不掉色的红色记号笔在眼镜片上胡乱画着什么，我用胳膊肘撑着脑袋，眼睁睁地看着她一点点地把眼镜毁掉。

"嘿，诺森太太，我可不认为这是个好点子。"

"你刚才已经说过了。"她提醒我。

"我说过了吗？"

"别说话！我正在做一件礼物。"于是我安静地待在那儿，直到她把眼镜递给我，她的表情看起来开心极了，好像她递给我的是一串珍珠项链。"你看，我给她做了一副玫瑰色的眼镜。"诺森太太说话的声音很大，好像丝图沃兹太太不仅看不见而且也听不见一样。

"啊哈！"丝图沃兹太太拍起手来。"Mazel tov！现在只要你戴上这副眼镜，无论什么时候你都能看到La vie en rose，你就能看到这个世界本来的样子，你就能看到巴黎的春天了！"我透过镜片往外看去，我不知道巴黎怎么会看起来像一个红色的滑稽的公寓，我开始头晕目眩，呜呜呜，我的肚子也开始疼了起来。

诺森太太坐在琴凳上，拿出一张乐谱开始弹一首叫做《我爱巴黎的春天》的歌曲。

"会有那么一天，有一个男人给你唱这首歌的。"她说。我猜那个男人一定老得有一百多岁了。"你知道吗，我以前在巴黎住过。那是1939年。"诺森太太微微笑了笑。一定是很久很久以前的事了，对她来说也已经是很久很久以前的事了。

我不想让诺森太太失望，但还是把眼镜摘了下来，我向她解释说："诺森太太，戴上玫瑰色的眼镜就没法看清楚外面的东西了。"

"别开玩笑了。"诺森太太说。"但是说起La vie en rose，她转向她的朋友，"我们本来要上钢琴课的，不过为了让课堂变得更加丰富多彩，我也教巴黎学法语，这样她就可以学习怎么做

犹太语"恭喜你"的意思——译者注
法语"玫瑰人生"的意思——译者注

巴黎人了。"

"太棒了！" 丝图沃兹太太激动地叫了起来，"很有用。你教她跳康康舞了吗？

"什么，你是想让我得心脏病吗？"

"你看，以后她要是真去了巴黎，怎么能连康康舞都不会跳呢。我来教她！" 她把拐棍支在身体旁边，这样她就可以腾出两只手教我跳舞了。"站起来，拉着裙边。"

"她没穿裙子。"诺森太太说。

"她光着屁股吗？为什么呀，她不是在学习怎么做巴黎人吗？"

"不不不，她穿的是裤子。"

"我记得你刚才说过她是个女孩子的。"丝图沃兹太太说。诺森太太找了条围裙系在我的腰上，勒得有点紧，我都快喘不过气来了。"好了，我们说到哪儿了？对了，用两只手撑住裙摆，左转，右转，明白了吗？"

"现在，抬起一只脚，膝盖弯曲，抖动那只脚就好像有只松鼠落到你大拇趾上，你必须把它踢走。快一点。松鼠是不会思想的，把它踢走！踢走！好了，换另一只脚。"

"巴黎，转裙子，别忘了，裙摆要一起转动起来。"

康康舞cancan是一种并不高雅的法国舞蹈，跳舞的时候大腿要抬得很高——译者注

"转圈！转圈！"

"巴黎，你又忘了转裙子了！用手撑着裙摆！别松手！"

"现在踢腿！一，二，一，二！"

好像有一整个军队在指挥我，没一会我就累得气喘吁吁了。

"好的，再来一次！"两个老太太尖叫着。她们唱起《他们发明香槟的那个夜晚》。

跳完之后，丝图沃兹太太问我："你喝过香槟吗？"

"没有，夫人。"我仍然上气不接下气。

"你的意思是，你在教她法语却没教她喝香槟？"丝图沃兹太太一副责备的口气。

"真丢脸。"诺森太太说。她晃晃悠悠地走进厨房。

"怎么样，你喜欢康康舞吗？这比起你们现在小孩子跳的摇摆舞或是其他的舞有意思多了吧？"

"是的，夫人。"我已经没力气争论了。

"你以后要是去巴黎的话，一定得去香榭丽舍大街上的丽都歌舞厅。不过要记得穿裙子喔，"丝图沃兹太太建议道，"让绅士们给你买一杯最好的香槟，然后敬一下教你康康舞的那个小老太太，能记住吗？"

"能。"我气喘吁吁地说。希望我能活到那一天。

诺森太太端着一个托盘走了进来，托盘上放着三只好看的细脚玻璃杯，杯子里装着半杯冒着泡泡的液体。"Alors，"她说。"法语'干杯'的意思。"

"诺森太太，我只有十一岁。"

"Ca Va，没关系。在法国，小孩子们拿着瓶子喝香槟。"

"Qui, c'est vrai。"丝图沃兹太太表示同意。"你在午餐时会喝牛奶吧？那么在巴黎，小孩子们可以喝小瓶的葡萄酒，酒瓶上带有塑料开瓶器。大家吃饭之前一定会吃甜点，不然就等于没吃饭。"

"你在开玩笑吧。"我说话的时候差点把香槟给洒出来了。

"你知道吗，巴黎人如果在路上看到牵着狮毛狗的女人，一定会停下来亲吻她的手向她问好的。巴黎女人的内裤上都有花边。巴黎的小孩子们把气球当宠物养。你知道他们为什么把巴黎叫做光之城吗？"

"因为那里有很多电灯吗？"我猜道。

"我看你们现在学校里教的东西，只有针眼那么小。"诺森太太不屑地说。

"为什么叫光之城呢？因为每天清晨，太阳还没有升起来的时候，法国政府会点燃五千枚烟花，"丝图沃兹太太向我解释道，"五千枚烟花，每一枚都像太阳一样金光闪闪的，那是为了

法语，"确实如此"的意思——译者注

纪念被誉为太阳之王的法国国王路易十四，也是为了怀着赞美的心情把城市从睡梦中唤醒。那些烟花在天空中耀眼极了，就像太阳一样，如果你直接看眼睛会瞎的。"

我很怀疑她说的话。"是你自己编的吧？"

她的声音低了下去。"你以为我的眼睛是怎么瞎的呢？"我向诺森太太看去，她正盯着天花板，摇晃着脑袋。我不相信我爸妈会用这么一个疯狂的地方给我起名字，不过这也解释了他们那么想去那个地方的原因。"来吧，女士们，干杯！敬巴黎城，也敬巴黎小姑娘。"

"敬巴黎，为了大家的健康干杯。"诺森太太说。

"为了第一次喝香槟。"丝图沃兹太太说。

"为了埃菲尔铁塔。"诺森太太说。

"为了滑铁卢战役纪念碑。"丝图沃兹太太说。

"为了蒙马特尔台阶。"诺森太太抬了抬眉毛，眼镜也跟着动了动。

"为了图卢兹-洛特雷克，"丝图沃兹太太说，"他太棒了。"

"你在想最后一个词吗？"

位于巴黎市区北部，是巴黎最有田园风光和浪漫色彩的一个地区——编者注

法国后印象派画家Toulouse-Lautrec——译者注

　　"谁，我吗？"

　　"为了薯片。"这是我的贡献。

　　"好的，为了薯片，"丝图沃兹太太说，"也为了水果薄饼、鱼子酱薄饼，以及世界上所有的烤薄饼。希望它们能求同存异，永远和谐地存在下去。"

"这样够了吧。"两个老太太互相碰了碰酒杯，然后也和我碰了碰。

我感到那些香槟泡泡擦着我的鼻尖，我闭上眼睛喝了一口。

"这是姜汁汽水吗？"

"她喝醉了吗？"丝图沃兹太太大叫道。

"快了。"诺森太太喝了一口香槟。

"味道是和姜汁饮料差不多嘛。"我重复道。

"卡。"诺森太太说"卡"的意思就是让你别再说话了。

我戴上玫瑰色的眼镜，透过涂过的镜片看着那两个老太太。我很高兴诺森太太有朋友，虽然她的朋友住得很远，不能经常来看她。诺森太太生日的时候，丝图沃兹太太有时会从弗罗里达寄来贺卡。我想，有朋友真好。也许我也可以和塔娜佳做朋友。我微微眯起眼睛，试着描绘一幅塔娜佳穿着玫瑰色的裙子，微笑着拿着一本书的画面。我在她周围画上了一圈的朋友，有露兹，有萨哈拉，还有我。

还有迈克尔。

图像渐渐模糊了。

我把眼镜推到额头上。和塔娜佳交朋友？我看我是姜汁汽水喝多了。

9

坏小子德里·赛克斯

波迪小姐说，美国最大的出口除了垃圾之外，就是娱乐产品了，所以作为一个合格的美国公民，我们应该知道娱乐产品和垃圾之间的不同在哪里。为了让我们了解它们之间的区别，她开始在课堂上给我们放电影。她说，要是我们的读者俱乐部能够一直办下去的话，她也可以牺牲一个下午的时间，让我们把座椅摆得像一个小影厅那样。波迪小姐教给我们一些电影用语，比如摇镜头、淡入、淡出、特写等。她说："我们要办一个电影节，如果有人问起来，你们就告诉他们这是一项文化活动。"你一定会觉得很有意思吧，其实有意思的只是爆米花，其他的一点意思也没有。我不知道她是从哪儿找到这些电影的——光是吹掉上面的灰尘就一定花了她不少时间吧。那些电影实在太老土了。女人们还穿着拖地的长裙，男人们要么唠唠叨叨说个没完——比如《育婴奇谈》、《浮生若梦》、

《欢乐梅姑》，要么根本不说话——比如《淘金记》。还有更糟的，主人公虽然不说话，但是会无缘无故地放声歌唱。还有些家伙撑开伞在水里跳来跳去："我在雨中歌唱！"那个男主角就是那么说的。真想不到大人竟然会这么说话。

多米尼戈嘟囔着说："看他表演我都觉得难为情。"

"为什么？他只是在做让他感到开心的事。"波迪小姐耸了耸肩。"永远不要觉得在人们面前表达你的快乐是件丢脸的事，这说明你具有明星潜质。"

有一天下午，她给我们放一部叫做《怒海余生》的电影。

"这部电影里的黑人太傻了。"德里抱怨道。

"黑人并不傻，是黑人扮演的角色很傻，主要是因为编剧傻，所以写给黑人的角色都是很傻的角色。"

"编剧是白人吗？"

《育婴奇谈》（Bringing Up Baby），美国1938年出品的喜剧片；《浮生若梦》（You Can't Take It With You），美国1938年出品的影片；《欢乐梅姑》（Auntie Mame）美国1958年出品的喜剧——译者注

《淘金记》（Gold Rush），美国1925年出品的由卓别林出演的无声电影——译者注

巴黎看到的是美国1952年出品的经典歌舞片《雨中曲》（Sing In The Rain）——译者注

"是的。"

"啊哈，那么是白人很傻。"

"他们确实很无知，"波迪小姐解释道，"那些编剧恐怕连一个黑人都不认识，因为那个时候黑人被隔离开了。你们知道吗，那时在巴士上，黑人甚至不能和白人坐在一起，更不用提他们之间交朋友或者一起吃午餐了。看在上帝的份上，他们怎么能在不和黑人交朋友也不和他们一起吃午餐的前提下，拍出一部好电影来呢？"波迪小姐睁大眼睛说。"你们以后要是写电影剧本的话，一定不能这么无知呀，德里，你得告诉人们真相。"

"我一定会的！我会把白人的角色写得很傻，就像他们对我们一样。"

"你很聪明，"波迪小姐说，"所以加油，做给他们看看。"

"我看不惯其他事情的时候，你也要给我布置作业吗？"

"是的，"波迪小姐说，"如果你看到有些东西坏了却不去修理它，就说明你是个懒惰的人。"

德里站了起来。"她说我是个懒惰的人！你们听到了吗？你们都是证人！她刚才还给我们放电影，那里面的黑人整天都在做饭做清洁，放完了她又说我是个懒惰的人！"

"我没说你是懒惰的人。"波迪小姐整了整手中的试卷，平静地说。"我说如果东西坏了你不修的话你就是个懒惰的人。我说的是你吗？"

"我连相机都没有，哪有机会修理它呢。"德里嘟囔着说。

波迪小姐没抬头，表情也没变，不过她确实装作不经意地看了德里几眼。

"德里，你能不能安静点？"柯蒂娜说。"你要是不喜欢看的话，可以找个别的地方待着，别妨碍我们看电影呀。"

"你们要是喜欢这种垃圾片的话，你们就是大傻瓜。"

卡瑞朝他扔了一粒爆米花。"你才是大傻瓜。"

"不准丢爆米花。"波迪小姐说。

"波迪小姐放《热情如火》的时候，你们怎么没人抱怨呢？那会儿你们怎么都不说话呢？现在你们不满意，不就是因为《怒海余生》里没有玛丽莲·梦露吗？"莱香达说话的时候，鼻子总是皱成一团。

"我才不看这些老掉牙的种族歧视片呢。"德里边说边把他的桌子掉了个方向放下。

"我就是要看，我还要坐在第一排看，我外婆可没机会看电影！看看我，外婆，你看看我们现在有多先进啊！"莱香达向空

《热情如火》（Some Like It Hot），美国1959年出品的经典喜剧片，玛丽莲·梦露出演片中女主角——译者注

气中喊道。

"想看也行，不想看也行，两种选择都有效。"波迪小姐说。

德里嘟囔了几句，我大致能猜到他在说什么。

★★★

第二天上课的时候，波迪小姐借给德里一个摄像机。

"波迪老师最喜欢的是德里！"多米尼戈抱怨道。

"正确！"波迪小姐说。"因为最让我头疼的也是他，他最用心做的事情就是怎么让我头疼。恭喜你，德里，你做得不错。"

"我也让你头疼啊！"拉斐尔叫道。

波迪小姐摇了摇头。"拉斐尔，我已经和他达成协议了。我把摄像机借给德里，德里，现在全班同学都看到了，你要是把摄像机弄坏了，拿去卖了，或是拿它干些别的什么去了，等到年底摄像机还回来的时候，要是和我给你的时候不一样的话，我会杀了你的。"

"你可不知道怎么杀人。"德里指出了这个事实。

"我可以看书啊。我可以在书里找出办法来，"波迪小姐说。

"威胁学生可不是什么专业的做法。"柯蒂娜冷笑着说。

"柯蒂娜，你说得对。我把自己的东西借给学生也不是什么专业的做法。不过德里需要摄像机，我则需要在他弄坏摄像机的时候杀掉他。我猜，"波迪小姐特意加了一句，"他不敢。"

"我当然不敢了！"德里被柯蒂娜气坏了。"你以为我是谁？她根本不需要杀了我，因为我会先杀了她。"

"谢谢你……我猜到这个结果了。"波迪小姐说。

最后的结果是，德里从不把摄像机拿到教室外面去，他对它爱惜极了。德里一直坐在教室的第一排，这样波迪小姐就能时常看着他。不过这样倒很方便，因为电源插座就在教室前面，他可以一直把摄像机的插头插在插座上。开始的时候，班上的每个同学都对着镜头做鬼脸，可时间长了，德里和他的摄像机就没那么有吸引力了。他从来不保留任何拍摄的东西。磁带录到头了以后，他直接把带子倒到开头重新开始拍，倒带子的吱吱声大家都能听得到。

"你到底在拍些什么呀？"阿尼有一次问他。

"工作中的黑人。"

"幸亏你自己不演。"詹妮说。

他看起来和以前没什么两样，还是不做作业，不和大家一起玩，只是他手上多了个摄像机罢了，他身上还是没有表现出老师所说的那种质的变化。他平常不怎么说话，除了每次拍完一盒磁带就向大家宣布一下片名之外。这些片名包括《黑人孩子的生活：第一集——德里・赛克斯作品》、《老师的作业布置得太多了：波迪小姐出演——德里·赛克斯作品》、《比'怒海余生'更好的作品——德里·赛克斯作品》。

"你拍的东西太傻了。"有一次当德里向大家宣布他的一部名叫《你能不能把耶稣送到办公室去，因为他早退了——德里·赛克斯作品》的影片时，莱香达终于忍不住开口了。

"你怎么知道我拍的东西很傻？你又没看过。"德里反击道。

"我怎么没看过？你天天拍的那些东西和我每天看到的有什么不一样？"莱香达说。

"但你没从摄像机里看呀。"德里回答。

"你就是在脸上长了个摄像机又怎么样？"

这次对话激发了德里的灵感，他拍出了他自认为的杰作之一：《莱香达是个傻姑娘——德里·赛克斯作品》。拍摄持续了整整一天。德里的摄像机从早到晚只对准莱香达一个人，莱香达气得快发疯了。

"波迪小姐！"莱香达终于崩溃了。"让他别拍了！"

"不能停止艺术作品的创作。"波迪小姐耸了耸肩。

我不懂艺术，不过我知道让德里停下来可不是件容易的事。

★★★

有一天我想到了一个好点子。我拉住德里，"嘿，德里，我有个好题材给你拍电影。课间休息的时候，塔娜佳欺负我哥哥你看到了吧，你为什么不拍拍这个呢，你拍完我可以把它当做证据拿给波迪小姐看。"

"好啊，这部电影的名字就叫做《巴黎是个告密者——德里·赛克斯作品》。我已经能看到拍出来的效果了。"

"不行，我不想让别人知道这是我的想法。"

"为什么呀？"

"因为……原因很复杂，"我说，"我只能说这么多。"

"我看到她打你哥哥了。你哥哥为什么不还手呢？他不会是朋克吧，朋克就是这样的。要是女孩敢对我动手的话，我一定会让她尝尝我铁拳的滋味。嗨！-呀！"德里做了几个空手道的劈掌动作，不过接下来他的动作就变成了舔手指上的糖渍了。我意识到让德里帮忙不是什么好主意。"这个片子就像《哥斯拉 Vs 魔斯拉》一样。"他捏了捏下巴。"你哥哥要么是魔斯拉，要么是蝴蝶女士。哇啦啦，哇啦啦！"

哎，我迫不及待想去巴黎了。巴黎的男孩子会亲吻我的手。

"算了，德里，就当我刚才什么也没说好了。"

《哥斯拉 VS 魔斯拉》（Godzilla Versus Mothra）：美国1992年出品的电影——译者注

10
为哥哥而战：我和塔娜佳的首次交锋

波迪小姐说，我们超级读者俱乐部的成员可以在课间休息的时候开会，露兹提议说任何想参加的人都可以听。我们在班上宣布了这个消息。大多数同学都不想错过课间休息，不过阿尼想参加，所以波里斯也参加了，阿尼做什么波里斯也会跟着做什么。萨哈拉参加了，所以瑞秋也举了手。

丝图沃兹太太说我应该和塔娜佳交朋友，我也确实是这么计划的。我甚至已经转过身，想要问她是否愿意加入我们的活动了，可是当我挤出友好的微笑看着她时，我又放弃了。所以我没和她说话，而是转向塔娜佳的朋友詹妮，问她要不要参加。我问她的时候，她看起来很吃惊的样子，不过她还是微笑着答应了。这和波里斯和阿尼的情况一样。詹妮马上示意塔娜佳也参加，所以塔娜佳也举了手。我很开心。但邀请詹妮显得太虚伪了。

开会的时候，萨哈拉说，"我刚才在想，我看书看得太快了，家里看完的书越来越多。"塔娜佳和詹妮对看了一眼，我猜那意思是，**你真是个书呆子**。萨哈拉接着说："我刚才在想，其他人肯定和我一样。"塔娜佳和詹妮又对看了一眼，我猜这次的意思是，**哦，只有你这样**。Ooooo,oooo。我不得不提醒自己，我不能猜别人在想什么。我告诉自己要记住戴上玫瑰色的眼镜。也许她们想的是，哦，**我的上帝，上帝保佑我**。我感觉到一丝假笑涂上了我的脸，噼啪一声，还有一个酒窝炸开了。

"所以我想，为什么我们不能换书看呢？"萨哈拉继续说道。"大家把自己的旧书带过来，我们可以做买卖呀。你要是拿三本书过来，就可以换三张票，你还可以再拿票换别的书。"

"萨哈拉，这个点子太棒了。"我告诉她我的想法，我确实是这么想的。"我们可以买卖烹饪书吗？"我问。

"漫画书呢？"阿尼问。

"我也有个想法，"说话的是詹妮，"我们可以把不同的书放在不同的桌子上，比如说烹饪书、宠物故事、冒险故事等等。"

我以前不知道詹妮也挺有想法的。"这个想法也很好。"我说。塔娜佳看了我一眼，我猜她的意思是，**你认为所有的点子都是好点子吗？**我就是这么认为的，那又怎么啦？

"我可以做记号，"露兹说，"我有一种新的记号笔，可以把一种颜色涂到另一种颜色上去。"

"太酷了。"波里斯说。塔娜佳看着我，我猜意思是，**你又要说这个点子太好了吗？**我没说话，但我可以待会儿再告诉他。我拿出笔记本把大家的想法记下来。

"你们觉得我们的书够吗？"萨哈拉问。

"也许我们可以邀请其他班的同学来参加。"詹妮提了个建议。"那样的话我们就会有成堆成堆的书啦。"

我开始把教室的房间号写在本子上，五年级有两个班，四年级有三个班，六年级有两个班，每个班有三十个学生……我不经意地扫了大家一眼，心里盘算着到底有多少学生。

塔娜佳恶狠狠地看了我一眼，紧接着她给了我一句："你别那么看着我。"

"你在说什么呀？是你在看着我，我这么忙哪有时间看你呀。"

"她看你的时候没什么特别的意思。"露兹为我辩护。"可能是因为她眉毛上的疤让你误会了。"

"没你什么事。"塔娜佳对露兹说。

Ooooo,oooo，你竟然敢这么对我的好朋友说话，后果会很严重啊。波迪小姐从试卷上抬起头，朝我们的方向看了一眼。

"不过，也许我们不应该邀请低年级的学生参加。"詹妮一副全神贯注的样子。"我们可不要小孩子看的书。"

"但是男生喜欢看带图画的书。"阿尼说话的时候，波里斯频频点头。

"如果只是学英语的话，那些书也会有用的。"露兹决定不搭理塔娜佳了。

"我刚才算了算，中年级的班差不多有两百多个学生，"我向大家解释，"也许开始的时候，我们只邀请我们年级的另一个班参加，除此之外，他们还可以带图画书过来，举例说，可以带他们弟弟妹妹看的书，这样大家就都满意了。"

"除此之外，举例说——"塔娜佳冷笑道。

我眯起眼睛。"举例说？怎么啦？你有话要说吗？举例说来听听？"

"举例说，要是有人没拿书来呢？"塔娜佳问道。

我们都没吭声。"我想那他们就没有资格参加换书的活动。"瑞秋说。"我的意思是，一手交钱一手交货，不能破坏规矩。"

"你的朋友可以借给你一些书呀。"阿尼说。

"是啊，塔娜佳，"詹妮说，"你要是没有书的话，我可以借给你。"

"我说的不是我自己。"塔娜佳说。"你以为我不看书吗？你以为我家里连一本书都没有吗？"

"我不是这个意思，"詹妮说，"不是！我的意思是，哎，我也不知道了，反正你刚才的意思好像你没有书一样。"

"我说了我有！我刚才不是说我自己。"

我看了塔娜佳一眼，意思是，**是啊，你是有书**。塔娜佳肯定能像看书一样看出我的想法来。"是我的眉毛。"我不知不觉地说出了口。

"我想这个愚蠢透顶的俱乐部已经影响我们之间的友情了。"塔娜佳说。

"你在说些什么呀？"詹妮笑了起来。"我们才开了十五分钟的会。"

塔娜佳站了起来。"好了，我想走了。"詹妮看着地板不说话，意思是，**那你走吧**。"你知道，我现在需要朋友。"歌利亚还需要什么朋友吗？我很纳闷。

詹妮叹了口气，站了起来。"朋友们，对不起了。"看来她们要找别的地方去打发休息时间了。

"你的想法很好，"露兹说。"谢谢你来参加活动。" 塔娜佳拉着詹妮离开时，詹妮朝露兹笑了笑，看上去有点难过的

歌利亚是圣经里的一个巨人——译者注

088·

样子。

"嘿，塔娜佳，"我喊了出来，现在我的朋友都在身边，波迪小姐也在教室里，我感到勇气大增。"你出去的时候离我哥哥远点。"塔娜佳转过身来。"也许你该考虑挑个和你块头一样大的下手。"

"像你这样的吗？"塔娜佳双手叉腰说道。

波迪小姐从试卷中抬起头来。"有问题吗？"

"没有，波迪小姐，"我回答。

★★★

在超级读者俱乐部的第二期刊物上，有一张露兹设计的可以剪下来的书签，超级受欢迎。

"这个主意是塔娜佳出的。"露兹如实汇报。

"这有什么奇怪的？"我问道。"你是明星嘛。"

"我觉得很奇怪，"露兹说，"这个星期她一直对我很友好。"

我笑了笑，没有告诉她我的想法。她想拉拢你，就像我拉拢詹妮一样。我拉拢过詹妮吗？

"放过她吧，"萨哈拉说，"她可能有什么心事吧。"

"有可能，"瑞秋说，"你们没听她说她现在需要朋友吗？"

"她可没放过迈克尔呀。"我提醒我的伙伴们。

我走进卫生间，关门的时候听见背后有声音，于是我转过身来。塔娜佳、卡瑞、詹妮，还有两个我不认识的女孩站在我的面前。我的腿抖了起来。

"詹妮你好。"我打了个招呼。詹妮非常忧郁地看着我，好像对即将发生的事情感到很抱歉。

我现在一个人可对付不了她们五个呀，该怎么办呢？我想知道，卫生间里也能淹死人吗？她们中的一个女孩会像抓把手一样，一把抓起我的马尾辫的！我觉得自己真是个大傻瓜，为什么要把头发扎成这样！我怎么就没有想到他们会这么对付我呢？我想发火，但是我感到心里涌上来的更多只是悲伤。迈克尔也有这样的感觉吗？不，我不会像迈克尔那样的。我告诉自己绝对不能软弱。对有礼貌的人可以讲礼貌，但现在用不着。

塔娜佳拿着一个刀片向我走了过来。"看看我怎么修理你的另一只眉毛。"她说。

我醒了，满身冷汗。

第二天，路易斯把露兹和她姐姐伊娃叫了过来，然后开车送我们去学校。"你把头发散下来的样子很好看，"露兹说。

"我想这段时间我都会这么梳头发的。"我告诉她。

11
第一次演出

　　我可不知道有谁做饭时，会像诺森太太那样一次用那么多的鸡蛋。她用叉子把鸡蛋敲破一个洞让蛋清流出来，然后把它们倒进洗涤槽里去。看到那么多的蛋清堆在那儿，我都快吐了。不过迈克尔并没有注意到。他正忙着把几勺汤圆放进煮开的热水里，然后使劲吹气，它们很快像气球那样膨胀起来。

　　"窍门就是，"诺森太太说，"你得比盒子上说的要多放一个鸡蛋。有些人非常喜欢吃汤圆，但其实汤圆不是这道汤的关键。关键是鸡肉，鸡肉最好炖得烂一些。看到那些骨头了吗，鸡肉要是煮的时间够长的话，那些骨头会自动掉下来的。你要把整只鸡拿出来，切成一小片一小片的。哦，对了，还得再加一勺糖，这样胡萝卜的味道就提起来了。咦，我怎么连这个都差点忘了呢？"

　　迈克尔的眼睛亮晶晶的，虽然他脸上并没有笑容，但我能从他嘴巴的线条看出他很"满足"，我当时想到的就是这个词。他面对那一堆鸡蛋壳，一把芹菜和一只鸡，显得很满足。我在厨房里帮忙就是奉命行事而已，可是迈克尔就不一样了。他集中注意力想要记住做这道汤的每一个程序——什么应该先放进锅里，什么应该后放。那个一次次被推到墙上、背部被撞得青一块紫一块的迈克尔，现在却毫不犹豫地挥舞着一把又宽又重的厨刀。他拍蒜瓣时的表情，就像一个国王做决定时那样，充满着不容置疑的自信。他端着锅的把手，把一锅鸡蛋面条倒进滤锅里——那只滤锅看起来像只小小的花母鸡。厨房里的蒸汽越来越多了，诺森太太不时用一块洗碗布擦擦脸上的汗。

"您为什么不坐下来呢？"迈克尔建议道。"您告诉我怎么做就行了，我会做的。"

"多好的孩子啊！"诺森太太边说边走到椅子旁坐了下来。"真像一个身穿闪光铠甲的骑士，你的父母肯定会为你感到naches的。"

"naches是什么意思？"

"是骄傲的意思。"诺森太太说。

迈克尔切芹菜的时候偷偷乐了。诺森太太目不转睛地看着他，似乎想弄明白他到底在笑什么。我边吃面条边看着他们两个。面条甜甜的，他们管它叫库盖面。"别噎着了。"诺森太太说。谁会吃面条的时候被噎着呢？可诺森太太有一个习惯，她总是觉得最坏的事情就要发生了。你用叉子吃饭的时候，她担心叉子会弄伤你的嘴；你要是抱着书的话，她会担心书划伤你的皮肤；你要是坐在那一动不动，她又担心天花板会掉下来砸到你的头。有一次我对她说："嘿，诺森太太，您能别这么担心吗？"她说："亲爱的，我担心是因为我爱你呀！"我可不喜欢这种方式，原因如下：

1. 她并不了解我，所以不知道怎么爱我。

2. 如果你真的爱一个人，我相信你可不会想到让所有恐怖的事情都发生在她的身上。

这只是我个人的观点，不过这可能就是波迪小姐所说的文化差异吧。

终于到了学琴的时间了，每次课我得付十五块钱呐。诺森太太弹了一首歌，歌名叫做《你是所有的一切》，当歌词里唱到"你是春天里最有希望的一个吻"时，我开口唱了起来。迈克尔边听边兴奋地说："再弹一遍吧，我太喜欢那些升降调了。"于是诺森太太又弹了一遍，弹完了对他说："现在该你了。"于是迈克尔也唱了起来。

"你知道你的声音好在哪里吗？好在非常的谦逊。我知道你唱歌的时候完全不是为了表演，这一点很好，就像弗莱德·阿斯特尔一样，他舞跳得很多，歌唱得很少。你呢，饭做得很多，歌唱得很少。如果有些音太高你唱不出来的话，你只需要带着感情把它们念出来就好了。"我弹

琴，迈克尔照着诺森太太说的唱了起来。后来诺森太太走进卧室拿出来一件长长的睡衣，让我穿上，我把它套在我的T恤衫和牛仔裤外面。睡衣上缀着的金属小亮片，已经从银色变成灰色了。胸部的地方别着一朵好像被揉碎了的玫瑰花，玫瑰花刚好在我第二根肋骨下面。诺森太太高兴地拍着手，又从房间里拿出一顶旧帽子，上面还插着一根鸽子的羽毛。她让迈克尔弯下腰来，这样她才能把帽子给他戴上。她告诉迈克尔，他现在看起来像一个黑人版的辛纳屈。

"我看你更像贩毒分子。"她去找项链的时候，我压低声音对迈克尔说。"你看起来像春天里最有希望的贩毒分子，你使寒冷的冬天变得更漫长了。"

"卡！"迈克尔学着诺森太太说话。

她把一串彩色珠子套到我的脖子上，好像我是一棵圣诞树一样，然后她把房间里所有的灯都关了，只留了一盏陶瓷狮毛狗灯亮着，她让我们从头开始。我们表演得

弗莱德•阿斯特尔（Fred Asatire），美国著名舞蹈家、歌唱家和演员——译者注

法兰克•辛纳屈（Frank Sinatra），美国的白人爵士歌王——译者注

很成功，除了她说我抬手的时候，应该更加激情洋溢一些，可是我不知道激情洋溢是什么意思。

我们练习完了之后，诺森太太宣布："你们的第一次演出将在马龙·里瓦斯图斯老年中心举行。"

"我也能去吗？"迈克尔问道。

"当然了。"诺森太太回答。

"那太好了！"迈克尔说。

"什么？"我简直不敢相信我的耳朵。

"别担心，我会让你穿上一件好看的裙子的。"诺森太太说。

回家的路上，迈克尔把手上的塑料食品袋从一只手换到另一只手，食品袋很沉，里面装了一大盒鸡汤。他说："太好了，我会把所有杰罗姆·科恩歌曲集上的歌都学会的。当时我正抱着诺森太太借给我们的灰色硬皮歌本。"巴黎，那些都是爵士风格的，我要是学会了的话，就可以在酒吧做歌手了。"

"你什么时候想要去酒吧做歌手的？"我问道。

"你看，我要是开餐馆的话，服务员最好能唱歌，这样我就

杰罗姆·科恩（Jerome Kern），是美国音乐剧历史上最伟大的作曲家之一，被称做是"现代美国音乐剧之父"——译者注

可以教他们。我在厨房工作的时候，也可以时不时出来唱几首，这样我工作起来就不会觉得烦了。既然有会唱歌的服务员，为什么不可以有会唱歌的厨师呢？"

我现在才明白，当我告诉妈妈我长大后想做律师和芭蕾舞演员的时候，妈妈脸上的表情是什么意思了。迈克尔唱了一小段《你是所有的一切》，然后拍着大腿说："我想好了，八年级的晚会上我就唱这首歌。"

八年级的晚会一般是这样的。学生们一个个走进礼堂，其实这里本来是食堂，只是现在把餐桌都移到两边，在中间放了个麦克风就当礼堂用了。一般男孩子们会唱嘻哈音乐，还有些女孩子们穿着统一的服装跳肚皮舞（因为是表演所以这样是允许的），她们一同扭动屁股的时候，男孩们会同时吹起口哨，而音箱里发出的音乐声简直是震耳欲聋。我可不认为"你是春天最有希望的一个吻"这样的歌曲会在八年级的晚会上受欢迎。"你觉得不好吗？"迈克尔问我。

"如果你要在那群野蛮人面前唱"你是春天最有希望的一个吻"，我觉得你会尝到你这一生最大的一次打击。"为了让他死心，我把话说得很明白。

"我借诺森太太的帽子也不管用吗？"他看起来失望极了。

我叹了口气："我们为什么不能一次只做一件事呢？"

正式演出之前，我们还得学习一些新歌。我弹风琴，爸爸打鼓，迪金格和德贝拉克有时候也来凑凑热闹。所以我们排练的时候确实还真像那么回事，邻居们既不跺地板也不敲天花板了（迪金格吹小号除外），所以我想应该不至于太难听吧。

老年中心的天花板上吊着一个真正的枝型吊灯，许多灯泡一起发出光来，亮闪闪的，照得墙上的壁纸也明晃晃的，壁纸上种满了白玫瑰。大家的头发上也都涂上了一层白光，只有一个人的头上涂上了一抹蓝光。如果没有漂白粉和卧室拖鞋的味道，这些白色和灯光让我想到了天堂。我忍不住拉着诺森太太的袖子告诉她我的联想。

"我告诉过你吧？这个爵士乐演奏会相当不错。"她满意地说。

爸爸要去工作室，所以不能来——工作室的工作就是工作室的工作，爸爸就是这么解释的。妈妈也要工作。路易斯说他要陪女朋友伊娃去医院，我可不想让迪金格和德贝拉克在这儿捣乱，所以压根就没有邀请他们两个。我们只邀请了迈克尔的朋友弗雷德里克。他主动帮人推轮椅，还被那些老先生们的笑话逗得哈哈大笑。

迈克尔走上台开始试音的时候，麦克风的回音很大，他似乎为自己在麦克风里的声音感到很害羞，不过，比他声音更大的是观众中那些老太太的叫喊声——"他是在唱歌吗？我怎么听不见？"最后，迈克尔终于开始唱了。他唱第二首的时候放松多了，还打起了响指配合节奏。他尽量不看我，而且唱得很快。不过没关系，等他唱到第三首歌的时候，就真的变成了迈克尔·麦柯格雷的专场演唱会了。

"刚才是乔森在表演吗？我的白内障又犯了吗？"一个坐在轮椅上的女人大声抱怨道。

"不是的，你老花眼了吧。这是迈克尔·麦柯格雷。"诺森太太说。"你会记住这个名字的。"

"麦柯格雷？看起来不像爱尔兰人啊？"

诺森太太嫌恶地对她挥了挥手。"人老了怎么就变成这样了？"

"嗨，我听到了，"坐在轮椅上的女人毫不示弱地回敬道，"走路当心点，别让我的轮椅碾到你。"

"嘿，这儿的人讲话和诺森太太一样！"迈克尔说。

"他像科尔·波特一样温文尔雅。"一个拄着拐杖的老太太说，她的脸白得像被人掐过一样。"还有，小姑娘，我看得出来你上过专业的钢琴课。"

"还不止这些呢！"诺森太太说。

科尔·波特（Cole Porter），美国著名作曲家——译者注。

弗雷德里克搭着迈克尔的肩膀，迈克尔看起来开心极了，脸上带着灿烂的微笑，就像一个刚吃完生日蛋糕的人一样。

"你爸真应该来的，"弗雷德里克说，"你的表演肯定让他印象深刻。"迈克尔高兴得不能再高兴了。

"这里的活动主管邀请我下次再来表演，"迈克尔说，"巴黎，你要来吗？""可能吧。"我应付道。我其实想说，你要是慢一点就好了，你唱得那么快我都差点跟不上了。不过我决定这会儿还是不说为好。散场的时候，我走在后面搀着诺森太太的胳膊，她走得像乌龟那么慢。"好了，我看过约瑟芬·蓓克的表演，也看过巴黎·麦柯格雷的表演，现在我死而无憾了。"

约瑟芬·蓓克（Josephine Baker），美国歌星，二战期间在法国从事间谍工作——译者注。

12

我想去巴黎

学校的图书馆里有一本关于约瑟芬·蓓克的书，就在"美国黑人成就系列"那套丛书里面。我听说过约瑟芬·蓓克。我妈很喜欢她，因为她是黑人的代言人；而且她所在的那个时代，比马丁·路德·金发表"我有一个梦"还要早呢。我爸也喜欢她，因为她是爵士时代的舞蹈家。现在诺森太太也说喜欢她，而且说看过她和我的表演之后就能死而无憾了。我决定亲自搞清楚她到底是怎样一个人。约瑟芬·蓓克出生在圣路易斯城，很小就开始表演，那个时候黑人还不能和白人在一个喷泉里喝水……总之都是些很离谱的规矩。她离开美国去了法国，有一次她跳舞的时候穿了件用香蕉做的裙子，于是整个巴黎都爱上了她。下面的事情你们还都不知道吧？

1. 她养了一只印度豹，每天牵着它出去散步，就像遛狗一样。她还养了只猩猩，她给它戴了一条宝石做的手链。她还有一条叫基基的蛇，她把它像围巾一样围在脖子上。

2. 她收养了十二个孩子，每个孩子都来自不同的国家，她想告诉这个世界我们是可以和平共处的。

3. 她可以从各个不同的方向转动眼睛，我试了十一次，就是做不到。

我把那本书带给诺森太太看。要是这本书里说的都是真的话，那么丝图沃兹太太那天下午说的话就可能也是真的。想想看呀，要是有个地方允许一个不穿衣服只穿香蕉的女孩在大家面前跳舞的话，那么也会做出每天早上放烟花叫醒大家的事。

"你看，"她说，"就是她。"

"诺森太太，你真的看过她表演吗？"我问道。

"当然了。她在二战期间是间谍，这你知道吗？"

"我大概知道吧，书里是这么说的，不过我不是特别明白。

"我们的历史课本从美国大革命开始讲起，一直讲到二十世纪的历史，我们要是从盖茨堡战役开始讲就好了，当然要是从第二

盖茨堡战役发生于1863年，是美国南北战争的转折点——译者注

次世界大战开始讲那就最好了，不过保罗的故事我已经学了四遍了。"

"我就是二战期间遇到她的。我那时加入了抵抗组织，负责搜集情报对付我们的头号敌人希特勒。我们需要搜集很多消息：火车时刻表、政界要人的名字、军火库的地址等等。那是战争年代，你知道吗？"

抵抗组织，这个词听起来好像是反抗或者不赞成的意思，军火库是指枪吧，这个我早知道了。可是火车时刻表？敌人？搜集情报？这些是什么意思呢？"诺森太太，你也是间谍吗？"我问她。

"嘴太松船会沉的，麦柯格雷小姐。"她向左右两边看了看，然后才压低声音说："约瑟芬·蓓克那时是超级巨星，而且又是个大美人，所以她能打进各种高级社交圈子里去。她可以见到欧洲各国的将军和商人，他们一见到蓓克嘴就松了。她用无色的墨水把从他们那里探听到的消息记在乐谱上。有一天晚上我见

保罗是独立战争期间著名的爱国者与抗英英雄，几乎每个美国小学生都知道他的 "midnight ride"。1775年4月18日晚上，英军出发进攻北美洲革命军，他连夜骑马到列克星敦镇报警，让大家及时准备。——译者注

这是二战期间美国保密防谍的标语，意思是"祸从口出"——译者注

到她的时候，我递给她几张乐谱假装索要她的签名，她把调换过来的乐谱还给我，这是接头时的暗号。然后我把它交给我的上级。不过完成任务以前，我还看了她的演出。

"怎么样？"

"你看过炸爆米花吗？火热火热的，就是那种新鲜的生动的东西，提醒人们他们还活着。哦，那些口哨声！"诺森太太捂着耳朵，完全沉浸在回忆里。

"那你见过她那条叫基基的蛇吗？"

"没有，那天晚上没看到。"诺森太太回答。"不过我听说，她在酒店公寓里养了一屋子的宠物。好像有个国王还送了她一头大象，不过被她拒绝了。你从来没听说过这么离谱的事情吧？她的房间怎么养得下一头大象呢？"

"我不知道。"我不得不承认。我试着想像我每天牵着头大象会是什么样子，我想到了"旁若无人"这个词，那样的景象实在太让人向往了。我迄今为止听说过的最浪漫的礼物，是路易斯攒钱送给露兹的姐姐伊娃的情人节礼物——一条刻着字的项链。可是送头大象作礼物？有什么礼物比得上这个呢？我希望有一天我也能美得让某个男人送给我一头大象，或者至少是一头骆驼。我希望有一天，当我走在香榭丽舍大街上的时候，男人们一看到我就会嘴也松了船也沉了。"巴黎！巴黎！巴黎万岁！"他们会冲着我大叫。除此之外，他们给我拍照片的时候，我还会在骆驼上对他们挥手致意。会发生的，在巴黎，什么都会发生的！

"噢，诺森太太，我想去巴黎。"我告诉她，"我等不了了！"

"那你去把鞋穿上吧。"她说。

"我说的是真的。"我笑了起来。

"我说的也是真的。你今天还有别的事要做吗？"她打开衣柜拿出外套。"走吧。"

我努力回想今天还有什么其他事情要做，可是没想出来。我耸了耸肩说了声好的，然后走到门口穿上鞋和外套。

"我想也许我们应该先往南再往东，"我们站在人行道上的时候，诺森太太对我说道，"我可不想走到湖里去了。"

"可是美国和法国的中间不是太平洋吗？"

"我们会从桥上走过去的。希望他们现在已经把桥修好了。"她舔了舔大拇指，往前指了指，示意我跟她走。"还好，我把拐杖带上了。"她说，"我们要上路了。"

"我是不是要告诉我爸妈一声呢？"

"听着，巴黎，事实上，父母并不想知道所有的事情。我们最好给他们寄明信片。"

"诺森太太，我连牙刷都没带呢。"

　　"你难道没听说吗？战争已经结束了。你可以到了巴黎再买牙刷。再说了，无牵无挂的旅行才是最好的。"

　　我不得不同意她说的话。但旅行的时候为什么一定要带黄瓜呢？

　　我们继续往前走。一个街区，两个街区，走到第三个街区的时候，我激动极了。这可能是我这一生中经历的最棒的事情了。书里面的故事就是这样的，开始看起来好像一个平常的日子，然

　　巴黎把诺森太太说的无牵无挂unencumbered听成了黄瓜cucumber。——译者注

后发生了一些事情，然后整个故事就变成了一次伟大的冒险。你掉到一个兔子窝里，或者爬进一个衣柜里，或者某个老太太要你和她一起去巴黎。塔娜佳，你见鬼去吧。迈克尔，我会派人来接你的。老爸老妈，我会让你们为我感到骄傲的。噢，看看那个可怜的送货员，看看那些汽车里的男孩们和提着塑料袋的女孩们，看看你们每天的生活吧——这可不是我想要的。

"诺森太太！我觉得我正戴着玫瑰色的眼镜看东西呢。"

"好啊，"她喘了口气说，"很好。"我猜我们已经走了

六个街区了。我看了她一眼。她走路的样子看起来好像鞋子里搁了一块小石子一样，身体摇摇晃晃的。我听到她呼哧呼哧地用鼻子喘气的声音。她两眼看着正前方，很专心的样子。她穿的外套太厚了，我看到她额头上都冒汗了。我们就这样走过了另一个街区。

"诺森太太，"我说，"我刚才忘了，我不能不上学呀。"

"什么？"诺森太太喘得更厉害了。

"上学。"我重复了一遍。"别生气，可是我今天不能去巴黎了。"

她停住了，气喘吁吁的。一直等到呼吸平稳了，她才开口说道："随你吧。"

"其实，我是想去的。"我坦白道。"但不是今天。迈克尔要演出，我还得给他伴奏呢。"我解释道。不过，我觉得我的解释很"无力"。"要是他知道你不去看他的演出，是因为我让你带我去巴黎的话，他会杀了我的。"

诺森太太目不转睛地看着我，她的胸部一起一伏的，看得出她在尽量控制着不发火。"你知道，我还能走。"她的语气好像是我冒犯了她。

"我知道。"我说，"对不起，可是我刚想起来。我还得给超级读者俱乐部做周刊呢。"

“那是什么东西？”

“我是读者俱乐部的主席，他们需要我。我要做周刊，下次我拿一本给你看。”我很不喜欢站在马路中间做解释。

“那好吧，要是你还有其他职责的话。”她叹了口气，转过身去。“不管怎样，我们应该叫上迈克尔的。”她开始往回家的方向走。

“就是呀，”我说，“下一次，我们叫上迈克尔一起去。”

“不过这样也不错，就我们两个在一起。”她微笑着拍了拍我的头。

“以后我会带你去巴黎的，我保证，我发誓，你看着吧。”

“是的，夫人。”

“现在我们回家喝杯水吧，然后你弹首曲子给我听。”

我微笑地点点头。我用她走路的速度慢慢往前走，边走边等待今天又恢复到平常的每一个平凡的日子，等待自己又变回一个普通人。可是让我吃惊的是，那种平常人的感觉再也没有回来了。我只觉得自己像姜汁汽水味道的香槟泡泡，像正冲向沙滩的朵朵浪花。从决定要去巴黎的那一刻起，我，巴黎·麦柯格雷，已经走过了七个街区，已经离那个我从来没有见过的光之城越来越近了。

13
打开真实世界的一扇窗

路易斯其实也有优点。他也有喜欢的东西。比如说，他很喜欢他的车，他给她取名叫拉拉·伊帕拉。他说拉拉比一个女人要求的东西少多了，不过请注意，这并不表示他会停止接送露兹的姐姐伊娃到阿尔迪蔬菜店、超级商场或任何她想去的地方。

他经常告诉我汽车保养的知识。比如说，

1. 他说开左尾灯代表着某种礼节，还有——

2. 挡风板上生点锈并没有什么大不了的，毕竟这里又不是洛杉矶，在芝加哥挡风板上生点锈很正常。我问他"谁说这里是芝加哥？"他会回答"小姑娘，别跟我要小聪明喔。"

　　他讲话时就这么蛮横无理，因为他是我们家第二大男人嘛，特别是他用在球场工作了三个暑假赚的钱买了这辆车以后，就更加蛮横无理了。爸爸深夜上班的时候经常会用这辆车，他说这辆车帮了他的大忙了。路易斯的吉他弹得很好，可是他并没有给他的吉他起名字，所以我觉得他更喜欢车而不是吉他。他总是说我们现在应该对他好一些，因为一年之后他就要搬到加利福尼亚去了，在那儿车永远不会生锈。我说："你不是说挡风板上生点锈没什么大不了的吗？"他就会笑嘻嘻地说："Pssshhhhhhhhhhhh，你，安静点！"

　　我在想，诺森太太真好，她带我们去马龙·里瓦斯图斯老年中心那天我们玩得多开心呀。既然路易斯这么喜欢开车，所以我告诉他，诺森太太总说很想去看看她的妈妈，可是她妈妈住在森林公园附近的哈勒姆，那儿离她太远了。我问路易斯有没有可能开车带她去一次。

　　他从后备箱里拿出《兰德·麦克那利道旅行地图集》查了查，当他发现要去的地方还不算很远时就答应了。他把车开到诺森太太楼下，诺森太太蹒跚着出来，手里抓着钱包和一个哐当作响的塑料袋。路易斯看了她两眼，小声问我："你说她妈妈有多大了？"

　　我让他闭嘴。

诺森太太看了路易斯一眼，眼神里充满着怀疑。"迈克尔在哪儿？"她问我。

"他今天要去医院看牙。"我向她解释。"诺森太太，今天就我们两个。"

"你这是要给我做司机呢，还是要打劫我呀？"她这么问候我大哥。

"很高兴认识你。"路易斯说。

"这些东西等会还要拿出来的。"诺森太太指着她的袋子说。

"先上车吧。"路易斯打开车门建议道。我换到前排去了，这样在路上收音机就归我管了。路易斯把诺森太太扶上车，甚至还帮她扣上了安全带，而诺森太太则昂着头看着远处的某个地方。他关上门以后，用恐吓的姿势对我竖起了一根手指，那个意思是说"我待会儿找你算账"。

诺森太太已经把地址给路易斯了，可我们沿着林荫大道开过来开过去就是找不到。路易斯越来越烦躁了，他说："我不知道这个地方在哪儿。"诺森太太坚持道："就在这儿。"

路易斯说："可是诺森太太，这里除了一个公墓之外什么都没有呀。"

接下来是一阵长长的沉默。

路易斯把车拐进公墓的大门，边开边说："好了，诺森太太，你现在必须得告诉我怎么走了。"他沿着一条很窄的路开到了尽头，他开得很慢，以免撞到墓碑。然后我们下车步行。

我只去过一个墓地，

1. 那里到处都是十字架和天使，而且——
2. 不是很大。

这里真像一座死人之城，墓碑密密麻麻地排列着，一个挨着一个，有的高有的矮，还有很多墓碑上嵌着死者的相片，这让这些墓碑看起来更像是一排排的人。有些墓碑上刻着星星，上面写着一些美好的形容词，像"挚爱的""亲爱的""珍贵的"，而且这些图片真的让他们看起来很珍贵，就像诺森太太乐谱上那些白人的图片一样，只是墓碑上的脸没有乐谱上的好看。那个男人的耳朵太大了，那个女人的眼睛闭上了。看着这些墓碑，你能感觉到那些女人的眼睛是亲爱的外婆的眼睛，是小孩子摔破膝盖时渴望看到的外婆的眼睛。那些耳朵是挚爱的丈夫的耳朵，是新娘凑过去低语的地方。有些墓碑上写着将军、上校、儿子、勇士之类的名词，估计他们是军人。还有一块墓碑上写着的时间和现在相差不远，我想那里埋葬的肯定是一个小孩。我忍不住想到他们一家人围在墓碑前的场景，他们的眼泪肯定哗啦哗啦地往下落，一直落到地面上。我开始注意到这个死人之城里确实有很多小孩，这让我觉得有点心慌。

诺森太太看起来也很心慌的样子，因为她找不到妈妈了。"我知道她就在这儿！"我觉得她好像马上就要叫出声来了，那样的话就太恐怖了。路易斯也开始紧张了，不过他可不是因为害怕，而是看到诺森太太走得太跌跌撞撞了。

"那个老太太要是摔倒了骨折了，我可不知道附近哪儿有医院。"他说话的时候，一半对着我，一半对着他旁边墓碑上的那个男人。我走上前去想拉住诺森太太的胳膊，她甩开我的手，由于力用得太大，她自己都差点跌倒了。

"她就在这附近。"她不安地重复道。"我上次来的时候没这么多墓碑的，现在我都被搞糊涂了。"

"没关系，诺森太太，"我说，"我们又不赶时间。"路易斯瞪了我一眼，我也瞪了她一眼。"是大墓碑还是小墓碑呢？"

诺森太太一脸不知所措的样子，好像随时会哭出声来。看她这样我的心里也很难受，她看起来像一个走丢的小女孩，正在人群中找妈妈一样。"就是在这个地方的啊，旁边有一棵小树，就在这儿的呀！"

　　我四处看了看，我意识到上次诺森太太看到的那棵小树现在恐怕已经变成中等个头的树了。"我们再往前走走吧。"我说。我挽起她的胳膊，这次挽得很紧，路易斯则挽着她的另一只胳膊。我们沿着狭窄的小路跟跟跄跄地往前走。"诺森太太，这里为什么埋着这么多的小孩呢？"

　　"小儿麻痹症，"她说，"还有肺结核。告诉你吧，你能活到现在是一件很幸运的事。"她随口说道。我朝四处看了看，是的，我是很幸运。"她在哪儿呢？"

　　我们沿着小路一直走下去，有一块地方的墓碑没有刚才那个地方那么挤了。有些墓碑已经裂成两半了，有一些倒了下来，还有一些像被某种盐腐蚀过一样，上面都是白垩。藤蔓缠缠绕绕地覆盖在墓碑上，有些地方的野草长得高到几乎要把墓碑全部盖住了。还有一些墓碑上的照片被石头或锤子之类的东西给砸坏了，脸看不清楚，记忆也好像被删除掉了，亲人们很难再把他们找回来。还有几块墓碑上竟然刻着图案，有一个图案看起来像中国的三节棍，锯齿形的红色三节棍。我看了路易斯一眼，他也看了我一眼，他咬着下嘴唇好像看出了我的心思：万一墓碑被人推倒了呢？万一我们要找的东西根本就不存在呢？

　　"找到了！"诺森太太边喊，边向最近的一块墓碑跑去。

汉娜·布鲁伯格

挚爱的妻子，母亲，姐妹

幸存者

（还有一些用草体写的词）

1895-1970

我觉得在墓碑上刻上"幸存者"这个词显得很可笑。我想起妈妈喜欢弹奏的葛洛莉亚·盖诺的那首《我是幸存者》。也许布鲁伯格太太和丈夫分手以后自强不息，就像那首歌里唱的那样。不过墓碑上还写着"挚爱的妻子"。也许布鲁伯格太太得了癌症但坚强地活了下来，就像那些穿着粉红色体恤衫每天在公园里跑步的女人一样。嗯，这确实是个谜。

"谁说那是一棵树呀，明明是灌木丛嘛。"路易斯看到那堆茂盛的东西覆盖在墓碑上，生气地说道。

"灌木丛、树，有什么区别？"诺森太太的脸色恢复了正常，她看上去已经平静下来了。她在地上找了几块小石头，然后把它们放在她妈妈的墓碑上。"一个是我的，一个是巴黎的，

116·

还有一个是她大哥路易龙的。"路易斯摇了摇头，翻了个白眼。

"你好，妈妈，"她说，"是我呀。"她用胳膊肘推了推我。

"你好，布鲁伯格太太。"我说。

"他们开车送我过来的。"她愉快地向她死去的妈妈报告情况。接着她问我们，"那个塑料袋在哪儿呢？我把剪刀放在里面了，我想用它把坟头上的草修整一下。"

"我不记得你拿塑料袋了呀。"我告诉她。

"那我一定是放在车里了，"她说，"路德，能麻烦你和你妹妹去车里拿一趟吗？我待在这儿做一下祷告，和我妈妈聊会天。"

"我叫路易斯。"路易斯边说边拉起我的手。

我长大后路易斯就很少拉着我的手了，不过穿过墓地的时候，他还是拉着我的手比较好。

我们走到一块很大的墓碑前：

为了纪念
那些在大屠杀中逝去的犹太人

"路易斯，'大屠杀'是什么意思？"我问道。

"第二次世界大战的时候，希特勒杀害了六百万犹太人。"他说。

117

"一个人杀了六百万人？"我惊呆了。

"不是，蠢货。"他说。"他的军队干的。六百多万。"路易斯的社会课经常得A，他知道不少世界历史知识。"你就在这儿等着，我去拿那个老太太的袋子，在这儿等着，别走开。"还没等我说"嘿，路易斯，不要把我一个人留在墓地里"，他就很快地跑开了，边跑边从墓碑上跨过去。

我想起了那些被砸坏的墓碑，它们看起来好像被一个大锤子砸过一样。我在想：

1. 什么样的人会做出那样的事呢？
2. 他们现在就在附近吗？

我一会儿看看前面，一会儿看看身边，我想那些墓碑后面真是藏人的好地方，要是碰见像我这样的小女孩一个人待在这儿，他们就会跳出来。"路易斯！"我无助地喊道。

然后我开始对自己说些鼓励的话，比如，他一会就会回来等等，并把注意力转到那块纪念碑上去。六百万可是很多人啊。我们整个学校只有九百个学生，有多少个学校才能有六百万人呢？要一千个学校吗？不，那才九十万，还不到一百万呢。那么说那个叫希特勒的家伙杀害了……不，不可能。数字越大，那些人在我脑子里就变得越来越小了。在这个拥挤的墓地里有多少死人呢？不会超过一百万吧。那么六倍的话……我看着那些墓碑，尽可能向四面八方看去。远方高速公路上轰鸣而过的卡车声是惟一使这个地方和外界联系在一起的东西。我的头开始晕晕乎乎的，我在纪念碑前面的玫瑰花丛边躺了下来，我看着头顶的树叶，一百片树叶，一千，六百万……

　　我听到鸟叫的声音，我思忖着，谁在叫呢？我的目光在树枝中寻找，直到我发现那只麻雀。我想起诺森太太讲过的那个故事：有一次，我和你差不多大吧，我躲在森林里，看到什么了呢？好吧，我告诉你，我看到一只大老鹰落在一只花栗鼠上。据我所知，花栗鼠从没做过任何对人类有害的事情，这个时候，有一只小麻雀飞了过来，它唱着歌好像什么也没有看到，唧唧啾啾，好像什么也没有发生一样。

　　那只鸟唱得很起劲，世界上这么一个小小的生命竟然能发出这么大的声音。它要记住些什么呢？它想忘记些什么呢？我看着那块巨大的大理石纪念碑，它的影子落在我的身上。Oooo,oooo，我想，我最好不要像那些鸟儿一样，根本就不知道另一棵树上发生了些什么事。我们还是得去保护我们的兄弟姐妹。

　　开车回家的路上，我们被警察拦住了。警察想知道，为什么两个黑人小孩的车里有一个哭哭啼啼的白人老太太。我们告诉他，我们刚去完墓地。他露出一脸不相信我们的表情。他让路易斯下车，对他全身搜查了一遍。他的搭档则负责检查诺森太太的钱是不是还在钱包里，他还主动提出要送她回家。诺森太太回答说："这儿已经有一个很好的年轻人要送我回家了，我为什么还要你们送呢？"我们待了差不多四十五分钟，在这段时间里，我只听到警车里收音机的嗡嗡声和诺森太太的抱怨：

1. "长官，还得多久啊？我在车里直冒汗呢。"这表示她很热。

2. "巴黎，亲爱的，空调开了吗？"这也表示她很热，还有——

3. "空调的风是对着我吗？我要得肺炎了。"这表示她很冷。

我知道诺森太太需要什么样的温度。

路易斯上车的时候显得很恼火，他重重地叹了口气，重得连挡风玻璃都快要颤抖了。

"警察只是想保护他的兄弟。"我试着向路易斯解释。

"行了，他又不是我的兄弟。"他打开收音机，我想他只是想放松一下，诺森太太发话了。"这就是现在的流行音乐吗？"路易斯装做没听见。诺森太太说："让我们安静一会吧。"我关掉收音机，路易斯开车的时候我们都看着窗外。他把车开得飞快，好像在追一只松鼠一样。"慢一点！"诺森太太大声说道。"我刚从墓地里回来，还不忙着回去呢。"

"你会来参加我的葬礼，是吗？"我们送她到门口的时候她问我。

"当然了。"我吃惊地回答。

"什么时候呢？"路易斯小声问。还好，诺森太太没听见。

"你会清扫我墓碑上的树叶，修理墓碑旁的野草吗？"

"会的。"我说。

"你看到我怎么把石头放在我妈妈的墓碑上了吧？你也会那么做吗，不管来多少人，每个人都放一块小石头？"

"是的，诺森太太。"

"超市里的犹太食品货架上，有一种很小的蜡烛，叫做yortzeit，你会在我忌日的时候，也给我点一只蜡烛吗？"路易斯的表情仿佛在说，噢，不，还有完没完啦？

"是的，诺森太太。"我说。"我会带上鲜花，我会说'你好'，我会把墓碑上的照片的灰尘擦掉。"

"你知道吗，除了你之外，我在这个世界上已经没有任何亲人了。你、迈克尔，还有比我还老的丝图沃兹太太，虽然她从来都不承认她比我老。也许还有路易纳多。我身边只有你们了。"

路易斯翻了个白眼。

诺森太太注意到了。她拍了拍我哥哥的脸颊，递给他一个放在门边的塑料食品袋，里面有烤土豆，一瓶甜泡菜，还有一盒巧克力是送给我妈妈的。"把袋子也拿走吧。"诺森太太吩咐道。

我们往回走的时候，路易斯边吃巧克力边说："好吧，我想她人还是挺好的。"

一路上我们都没有说话，不过脸上都带着微笑。

那天晚上，我躺在床上想，我不知道自己能否做到答应诺森太太的那些事。那个墓地离我们住的地方太远了。这件事让我很烦恼，因为做一个有礼貌的人，最重要一点就是要说到做到。另外一点让我忧虑的是，我意识到可能在我还没能拥有自己的汽车前，诺森太太也许就已经死了。如果是那样的话，我想我得先去买几支蜡烛，做好准备。

14
小黄星

我把超级读者俱乐部的周刊拿给诺森太太看，她露出一副大惊小怪的神情。"谁做的？是你吗？你这么个小姑娘怎么可能真的做出报纸来呢？"

"我用的是油印机。"我向她解释。"用电脑设计报头。"

"油印机！电脑！"她吸了口气说道。我感觉自己又长高了一英寸。"巴黎，你为什么笑得那么勉强？你应该为你自己感到骄傲才对！你爸妈是不是高兴坏了？我简直不敢相信！"诺森太太说话的时候，我总是弄不明白她到底想让我回答哪个问题。我想这是修辞学的问题。"这看起来和真的报纸完全一样，而且更好。因为只有一张纸，而其他的报纸都太厚了，读报的时候总是散得到处都是，而且那些报纸上面的字总是印得那么小。"她又抱怨啦。

"这不是报纸。"我解释道。"我们在班上组织了一个俱乐部，这张宣传页就是要告诉他们，我们正在读哪些书。"

"你看，你和你的朋友们做了一件很有意义的事，可以帮助其他同学提高阅读能力，真是件好事。"她赞赏地说。

"诺森太太，你年轻的时候也参加过俱乐部吗？"

"参加过，"她若有所思地说，"我参加过几个俱乐部。有一个俱乐部是别人强迫我参加的，不管我愿不愿意，我都得参加。"

"你在说什么？"

"我的意思是，有人组织了一个俱乐部，你必须按照他们的命令去做，必须有指定的爸爸妈妈。如果你不参加那个俱乐部，他们就会把你扔进另外一个俱乐部，在那儿你就别想有好日子过了。"

我完全被搞糊涂了。"你怎么知道谁在哪个俱乐部？"

"在俱乐部里，他们戴着袖章穿着皮靴，列队走路。他们让我们在衣服外面戴上小黄星，随时都得带着身份证明卡片。然后……"诺森太太卷起袖子，给我看她手臂上一个数字模样的纹身。"你知道这是什么意思吗？"她问我时的表情严肃极了。

"我知道，诺森太太。"我说。我确实知道。这意味着诺森太太是帮派成员。

　　露兹有一个哥哥，他手臂上的纹身写着"拉丁国王之爱"几个字，上面还有日期。和德贝拉克交换汽车配件的那些男孩子们身上也有纹身，上面写着"亚瑟王和他的骑士"这样的话。现在诺森太太也有纹身，不过比他们的简单得多，她的皮肤上只刻着一些神秘的代号。诺森太太一眨不眨地看着我，我都能看到她眼睑里的血丝了。我从来没有看过她显得这么疲惫。诺森太太竟然是帮派成员！

　　"他们在学校里也许教过你吧？"

　　"是的，诺森太太。"我说。警察先生曾经来过我们学校，很严肃地向我们介绍过用特殊的方式系鞋带表示什么，一只耳朵戴耳环，一只口袋里装围巾又代表什么，还有某些颜色也代表不同的含义。对了，还讲过文身。我听得很仔细。"我知道的还不少呢。"我告诉她。

　　"我家里的人都在集中营里被杀了，"她解释道。"伯父、伯母、表兄妹、我父亲、我两个姐姐、还有我的初恋情人，他是抵抗组织的成员，在街上被打死的。他的眼睛是深棕色的，和刚烤出来的面包一样的颜色。巴黎，他的眼神温暖极了。但是你认为那些人看到他的眼睛也能感受到他的温暖，感受到他的灵魂吗？他们开枪的时候一点都没有犹豫。我母亲是我惟一幸存的亲人。我能活下来，只是因为我很晚才被送进集中营。"

他们在巴黎的集中营到底是什么样的营地呢？在美国，我从来没有听说过任何人在青年俱乐部营地里被杀啊。"别担心，巴黎，这是很久以前的事了。"诺森太太的声音有点哽咽了。

好吧，我想，虽然我很好奇，但是我决定不再问任何问题以免显得不礼貌。我不想让诺森太太伤心。

"跟我来。"她说。于是我跟着她进了卧室，她打开写字台的一个抽屉，抽出一个信封，信封里装着一个小黄星，上面写着JUIF。

她颤抖地抚摸着小黄星上那枚掉色的小别针。"我逃出德国，他们还是追了过来，四处搜查，几乎没有人能逃走。后来我加入了抵抗组织。我们都明白面临着什么样的危险，当他们真的打到法国来的时候，小姑娘，我已经没什么选择了。他们在街上可以随时开枪打死你，就像打死我的初恋情人一样，哦，愿他安息。"我点了点头。我听说过这样的事，在离我们家几个街区远的地方曾经发生过一起枪杀案件，歹徒从车里向街上的行人开枪。

"那些邻居们知道我们迟早会被送走，就开始抢我母亲的东西。这个人想要桌子，那个人也想要，还有一个人想要烧水的壶，壶还在炉子上烧着水呢，他们就不能等到把水烧开再拿走吗？相信我，巴黎，他们根本就不是朋友也不是邻居，只是一群穿着家居服的魔鬼。每次他们听到靴子踩在地上的声音，就会说'带走她，带走她。'"

"要把她带到哪儿去呢？"

"去地狱，巴黎。我希望你不知道地狱的样子。"她敲了敲木头桌子。

"我知道那是坏人死了以后去的地方，"我说。

"不是的，亲爱的。"她拍了拍我的头。"那是坏人掌权的地方。你看，我不用死了以后才知道地狱的样子。我有过无数通行证和藏身的地方，可他们总是能找得到。我想我现在已经说得太多了……你还太小，不应该知道这些，你不会明白的。小孩子不应该知道。小孩子不应该知道……"她显得很不安，好像不知道自己是该坐着还是站着，是走还是不走。迈克尔在哪？微弱的音乐声从门后面传了过来。

"我这个年纪的人，已经没几个活着了，我很矛盾到底是该记住还是该遗忘。所以这几年我一直没有说这些事。"她边说边温柔地抚摸着已经磨损的小黄星的毛边，她的手指一遍一遍地数着星星的六个角。"每次我看到它，就想起了那些让人心碎的往事。但是这些痛苦能让我的初恋情人起死回生吗？我应该把它扔掉！扔到垃圾箱里去。"

"不，不要扔。"我拉着她的胳膊。"既然你这么多年一直留着它，那它肯定是有回忆价值的。"

"噢，巴黎，你是个有智慧的孩子。"她的手颤抖起来。"这几十年漫长的时间里，我一直觉得巴黎这整座城市都欠我的，他们曾经那样对待我。但现在，因为你的原因，那些美好的回忆又都回来了，你提醒我记起那些我丢失了很久的美好的东西。所以现在，我把这个送给你好吗，巴黎？一个人去想这些事情实在太沉重了，我离开这个世界以后，还有谁会想起这些事呢？"她用两只手递给我那只小黄星，我也用两只手接了过来。我，巴黎·麦柯格雷，以崇敬而坚定的心情，继承了一个濒临消失的帮派组织的回忆，就像他们在房顶上用喷漆写的那样，永远不要忘记。诺森太太让我加入了她"最限制级"的俱乐部。我低下头，就像在教堂里那样，为她失去的那些东西做了一番祷告。

我并没有把小黄星拿给迈克尔看，因为诺森太太只把礼物送给了我，我不想让他感到妒忌。不过我拿给迪金格和德贝拉克看了，因为他们经常在外面玩，见的世面多，我想他们会告诉我更多的东西。"我们周围的帮派都没有这个东西。"他们说。

"你确定吗？"

"也许这个帮派都是由老太太组成的。"迪金格说。

"是呀是呀，我们应该能认得出来。"德贝拉克说，"脸上有皱纹的那些老太太。"

"JUIF是什么意思呢？"

"我想那是她男朋友的名字吧。他被
街上打劫的开枪给打死了。"

"你的钢琴老师竟然是黑帮的！"迪
金格被吸引住了。

"诺森太太在一个帮派里做间谍。"我说。"她在巴黎的时
候，用隐形墨水交换暗号，她手臂上还有一个文身呢。"

"不可能！"德贝拉克说。

迪金格把路易斯叫了过来。"嘿，那是二战的东西！"
他说。

"那就是很老的东西了？现在人们不戴了吧？"

"不戴了。"他说。"你最好收好，这个可能很有价值。"
德贝拉克和迪金格交换了一下眼神。"不是卖钱的价值，你们两
个蠢货，是历史的价值。"

迪金格贪婪地摸着小黄星，我在他手上狠狠地拍了一下。

"太酷了，"德贝拉克说，"也许你应该把小黄星带到学校
去让老师看看，没准她会给你加分呢。"

"也许我会带去的。"我说。

15

我闯祸了

"那是什么东西？"第二天早上，莎琪娅一眼就看到了我别在外套上的小黄星。

"我的钢琴老师送给我的。"我向她解释，"她以前参加过帮派组织，这就是那个帮派的标志。她把她男朋友的名字写在上面，我想 Juif 就是法语的 Jeff。"

"学校里不准戴帮派成员的东西呀。"柯蒂娜反应很快。

"她是帮派里的最后一个成员，只有她知道所有的秘密，其他的帮派成员早就不在了。"我希望我说的就是事实。"我告诉我的钢琴老师，我戴上这个小黄星就能帮她记住她的朋友和家人。"

"很好。"露兹说，"也许我们大家都应该做一个小黄星戴上。"

"是啊，也许我们可以用这样的方式纪念战场上的士兵们，"詹妮说，"就像有的人戴彩虹标记一样。"

这个主意听起来很不错。更多的女孩围了过来。一个七年级的女孩看见我戴着小黄星，惊得差点要绊倒了，她向我冲了过来，横眉瞪眼地看着我，"嘿，我说你呢！摘下来！"

"你管不着！"我不甘示弱。她的脸看起来像被火炬点燃了一样，眼睛也红红的，变得和她的头发一个颜色。她跺着脚走开了，好像是去找老师了，不过每个星期三老师都在办公室里开会呢。

"我可不知道她为什么这么生气，"莱香达说，"也许你应该答应给她一个小黄星。"

"有什么好担心的，"安吉丽娜不屑地说，"她一个瘦不拉叽的小女生能怎么样？"

铃声响了，我们排好队往大楼里走去。萨哈拉走过来时注意到了我戴的小黄星。

"我认为你应该摘掉它。"萨哈拉立即对我说。

"为什么？"

"我也不知道，"她慢吞吞地说，"我读过一本书……书里面有一个小女孩也戴着这样的小黄星。我记得戴小黄星是不好的意思。"

萨哈拉正准备接着往下说的时候，七年级的老师艾森伯格太太走了过来，她走过我身边的时候停下来看着我。

"今天你是安妮·弗兰克吗？"

"不，我是巴黎·麦柯格雷。"我边说边往前走。

"还不明白吗？你应该把它摘下来。"萨哈拉拽着我的胳膊说，"安妮·弗兰克就是被纳粹害死的那个小女孩。"

"谁？"是抵抗组织成员吗？我开始有点紧张了。萨哈拉读过很多书，比迪金格和德贝拉克读的书要多多了。要是萨哈拉说这不是个好点子的话，可能真的就不是什么好点子。我之前为什么不问问路易斯呢？我想把小黄星摘下来，可是它被别针卡住了。

我走进教室的时候，波迪小姐还没来。露兹已经从波迪小姐的抽屉里拿出一些黄色的纸，而且已经用油印机做完咔嚓拉咔嚓拉了，纸上有她画的黄星图案。柯蒂娜正在剪图案，一次剪三个。

"你看！"露兹叫道，"我记得你是怎么做的，巴黎。"

"要是机器用得对的话就会做得很快。"柯蒂娜说。

詹妮正用波迪小姐桌子里的胶带把黄星粘在女生的衬衣上。玛利亚把"丹特"写在黄星的中间。"他在伊拉克。"她解释道。

"我家里没有人参军啊，"莱香达说，"你想让我把"丹特"写在我的黄星上吗？"

"嘿，"拉斐尔说，"只准女生戴吗？我有个叔叔死在伊拉克了。"

"每个人都可以戴，"露兹说，"如果你想怀念某个人的话，就把他们的名字写在上面。对吗，巴黎？"

"那么我要把我外公的名字写在上面。"里昂说，"他去世了，我很想念他。"

"你想要吗？"詹妮问塔娜佳，塔娜佳坐在桌子旁，脸上阴沉沉，正低着头把那张画着黄星的纸撕得粉碎，她假装没有听到詹妮的话。詹妮提高声音说："行了，你没必要这样。"

"巴黎，你的点子棒极了！"玛利亚尖叫着说。

"萨哈拉！"我求助地看着她。

"别贴了！"萨哈拉说话的时候教室里闹哄哄的，拖椅子的声音和笑声响成一片。看到每个人都在忙着贴小黄星，我感到有点可笑。"这不是你们以为的意思。"萨哈拉的声音听起来无助极了。

"那到底是什么意思呢？"詹妮问道，不过没人能回答她。我想到了诺森太太和操场上那个红头发的女孩，我突然意识到自己可能犯了大错了。我觉得自己的手在拽别在衣服上的黄星。

瑞秋伸手想帮我摘掉小黄星。"别针锈住了。"她的手缩了回去。"我去拿剪刀。"

"不行。"我用手护住黄星。"不能剪，我答应过诺森太太会留着它的。"

"好了，巴黎！"萨哈拉和瑞秋对看了一眼，有点生气的样子，好像在说，你到底想让我怎么做嘛？

第二道铃响了，波迪小姐带着早晨的节奏轻快地走了进来。同学们迅速坐回到自己的位置上去，两手交叉抱在胸前挡着小黄星，他们想给波迪小姐一个惊喜。我想到"原创"这个词。波里

斯用整洁的字体把波迪小姐的名字写在黄星上了。波迪小姐似乎正在努力忘记刚才的教师会议，并让自己回到最佳状态。她打开点名册，头也不抬地开始点名，每个名字喊了两次。"好了，今天谁要付费中餐的请举手。"她边说边抬起头来。

她的笑容突然凝固了，脸色也变了。我发誓，教室里所有的空气和灯光也都变了。她走到过道，看到每个孩子衣服上都别着小黄星，每个孩子脸上都露出夸张的笑容。"这是什么意思？"她温柔地问道，我不知道她在想些什么。"我不明白为什么你们都要戴小黄星。今天是什么特殊的日子吗？我怎么一点都不知道？"

"哈哈，我们很有创意吧！"莎琪娅兴奋地叫道。我缩着身子坐在椅子上。萨哈拉用手捂着脸，不停地摇着头。

"是的，我猜是的。不过这是一个标志，孩子们，这不只是一个黄色的星星，它代表的意义比它实际看起来的重要得多。你们不能把人们的名字写在上面。"她说，"因为其他人会觉得被冒犯的。"她走到波里斯身边，有些生气地一把扯下她衬衣上的黄星——黄星上写着她的名字。这就像一个信号，其他的同学都把黄星撕了下来塞进抽屉里，除了我之外。

波迪小姐看我们的眼神很奇怪，好像她不是很确定是否认识我们在座的每一个人，好像她找不到正确的语言来确定我们是她的学生，直到她的目光落到我和我的小黄星身上。她甚至连看了我两次，才确定她真的认识我，这比任何事都让人觉得恐怖。也许诺森太太说得对，小黄星是被诅咒过的。也许戴上它以后，你就不再是以前的你了；也许戴上它以后，对其他人而言你就根本不属于人类了，他们看你的时候会把你看成是低等生物；也许我知道的那个自己已经完全消失了。我以前在学校里从来没有闯过祸，从来没有，可是现在，我为了一些自己都弄不明白的事情，惹出大麻烦了。也许不明白本身已经是个大错了。

上帝请帮帮我吧！我在心里祈祷。波迪小姐缓缓地向我走了过来，想要伸手去摸小黄星。我伸出手来护着它。小黄星要是被弄坏了，我还有什么可以留下来的呢？小黄星要是被弄坏了，诺森太太会马上变成尘土吗？

她拿开我的手，温柔地抚摸着小黄星。"这是哪儿来的？"

"我的钢琴老师送给我的。"我的声音颤抖着，努力不让自己哭出来。

"巴黎·麦柯格雷。"她蹲下身来看着我的眼睛。"你知道这个星星代表什么意思吗？"

我正准备回答的时候，门开了，艾森伯格太太和那个红头发的女孩走了进来，红头发用手指着我。

Ooooo oooo，一开始我对诺森太太很生气，因为是她把黄星送给我的；接着我对露兹和柯蒂娜很生气，因为是她们用油印机把星星印了出来；接着我又对德贝拉克很生气，因为是他告诉我把星星带到学校里来的；然后我又对萨哈拉很生气，但是我知道我最应该恼火的是我自己。还有那个红萝卜头的女孩。她为什么要做这种卑鄙的事情？我妈被叫到学校来了，她是在工作的时候被叫过来的！她来了以后，老师们和她开了个会，想要搞明白我是不是真的不知道。不知道什么？我也想知道。

艾森伯格太太说无知并不是借口，可是我不知道她说的是什么意思。我只知道他们让我写一个关于第二次世界大战的报告，这样我就能知道纳粹、犹太人以及那些星星到底是什么意思了。妈妈看起来和我一样不安，不过我猜有了四个哥哥的学校经历以后，她一定和老师站在一边了。"如果他们说你所做的事情冒犯了那个女孩，那么你就是做错了。你应该道歉，巴黎，而且应该想办法去挽回。"

"星星呢？"校长问。

我向波迪小姐看去，是她刚才给我摘下来的。"在你课桌里吗？"校长问道。

"没有，夫人，"我说，"您……"

"它会出现的。"波迪小姐打断道。

艾森伯格太太说应该停我两天课，让我在图书馆把报告写完，而且我还得读那个历史时期的书。波迪小姐看起来很担心，"她只有十一岁。"她说。

"只要能帮助她改正错误，她就应该去做。"妈妈的样子看起来很尴尬。"我们家里的人都相信马丁·路德·金所说的话。她做了错事，但不是有心的。感谢老师们教育她，让她知道什么是对，什么是错。这点我没有做到。"

老师们似乎被妈妈说的话打动了。

我可没有。在大厅里，我生气极了。"妈妈，你为什么要道歉？你一直在求他们，为什么？把你从上班的地方叫到学校来！哼！我没对艾森伯格太太做错什么，也没对那个女生做错什么，我什么都没做错。"

"一点错都没有？啊？你知道三K党吗？"

我点了点头。我听说过三K党的故事，那些人披着白色的床单，深夜里在黑人居住的院子里面烧十字架。虽然他们并没有在我住的芝加哥克莱文顿大街烧过十字架，可是我小时候还是做过关于他们的噩梦。

"我了解得并不多，不过我知道纳粹就是他们的三K党。"

妈妈在说些什么呀？"我可没烧十字架。"我大声说。

"你没听到老师是怎么说的吗？现在已经不能把无知当借口了。无知就是烧毁十字架的那团火。那就是你的无知。"妈妈发火了。"死了很多人，巴黎，很多戴那个星星标记的人死了。"

"妈妈，我不知道！"我无助地说。

"你现在知道了，"妈妈说，"那你应该知道该怎么做了。"

我去图书馆的时候，艾丝帕诺莎小姐给了我一大堆书。我打开第一本，里面有一张小男孩的图片。他双手举到空中，周围有一群士兵举着枪对准他。小男孩的胳膊上戴着一枚小黄星。

16

唱出我自己的歌

第二次世界大战

对不起对不起对不起，我真的不知道，我要是知道的话绝对不会戴那个小黄星的。二战的时候有六百万犹太人被纳粹士兵杀害了。他们四处搜查犹太人，很多犹太人为了躲避纳粹不得不藏起来。

第二次世界大战

安妮·弗兰克就是一个例子，为了躲避纳粹的搜查，她不得不在一间小屋子里藏了两年。她不能到外面去玩，只好每天写日记。可最后他们还是发现了她和她的父亲。

第二次世界大战

大屠杀是历史上一段非常恐怖的时期。那个时候的犹太小孩和一般的小孩是不一样的，要是现在的话，犹太小孩和我们没有任何区别。

第二次世界大战

集中营里的条件非常糟糕，他们剃光女人的头发，

他们把老人

病人

同性恋

吉普赛人

艺术家

甚至还有孩子

很小的小孩子

除此之外，还有

还有

1.……

2.……

3.……

6.数百万的人

我一直在读那段时期的历史，读了好几个星期，比学校要求的时间长多了，可还是停不下来。我像吞毒药一样吞着那些历史书，越吞越想吞更多的毒药，但我还是一个字也写不出来。这些历史对我来说太沉重了。你不小心撕开了一个口子，Ooooooooo，

一个让人震惊的真实世界突然出现在你的面前，我看到人们东躲西藏，我看到开枪扫射，我看到绳索和猎狗，我听到飞机在人们头顶盘旋的嘶鸣声，我看到成群的人被赶到屠宰场。我知道得难道还不够多吗？我还是个小孩子，我的世界还很小很小，因为要做一个有礼貌的人，我注意到了街头小混混们的涂鸦和口哨声，还有睡在路边台阶上的流浪汉。还有去年夏天街上的开枪扫射事件，我没有注意到吗？对一个有礼貌的人来说，知道这些难道还不够吗，我的上帝？但是现在我的眼睛又看到了另外一个更大的世界：报纸上的头条新闻，收音机和电视屏幕里的消息，我以前怎么就没有看到呢？现在的非洲……现在的哥伦比亚……我，还是个小孩子，我还没有能力去救任何人。当诺森太太教我弹琴的时候，当她的胳膊挨着我的胳膊的时候，那双胳膊证明所有这一切都是真的，他们没有编故事，这些事情确实发生过，那些大屠杀，集中营……噢，上帝啊，你的目光没有落在小麻雀上，是吗？他们让小孩饿死不是一件大事吗？把家人分开不是一件大事吗？把妈妈正在烧开水的水壶拿走不是一件大事吗……这个世界，这个世界还有真理吗？这些事情还会发生吗？还是正在发生，在世界的另一个地方，在我看不到的地方正在发生呢？要是我看到了所有的这一切呢？

　　Oooo，可是我看到了，我看得很清楚，无助的灵魂一直都存在，从神父布道的时候开始，从罗马时代开始，从大卫和歌利亚开始，从摩西和帕农开始，一直到现在，这些无助的灵魂仍然存在……我赞美上帝感谢上帝，难道就是为了感谢他没让这些事发生在我的身上吗？什么样的上帝会让所有这些事情发生，什么样的上帝竟然让这样的事情发生？这就是把我赶出伊甸园的那个问题。可是，我惟一知道的事情就是请求他的帮助，帮助我，把我以前知道的东西还给我。上帝啊，我想再次戴上那副玫瑰色的眼镜。

不过，即使《启示录》上的四骑士冲进了学校，上课的铃声还是会照响不误的。"你的报告做得怎么样了？"

我的报告？波迪小姐为什么会问起报告的事情？这个世界发生了这么多事，她怎么只是想知道报告的事？我耸了耸肩。

"我注意到你做了很多功课，你还需要更多的时间吗？"我点了点头。"好吧，不过你要记住，已经过去好几个星期了，艾森伯格太太一直在问你的报告什么时候能做完。你只要把黄星的意思写下来就行了，让她知道你已经明白了。

噢，就这么多吗？

四骑士是《圣经》里描绘的人物，分别代表征服、暴力、瘟疫、疾病——译者注

"我想起来了。"她打开桌子最上面的一个抽屉，拿出一个白色的信封，里面装着那颗小黄星。"拿走吧，巴黎。"我没动。

"没事了，波迪小姐，我现在不要了。"我说。

"你不要了？"

"嗯。这只是一块小破布而已。"

"真的吗？"波迪小姐看着我，好像不相信我说的话。

"你真这么想？"

"再说了，我也不知道我的钢琴老师为什么要把它送给我。"

"她把黄星送给你，有可能是因为她很看好你。"波迪小姐解释道，这样的说法最容易让孩子吓出一身冷汗。"不过这个黄星上附加了太多的历史，我明白这对你来说可能有点太沉重了。"

"是啊，我太小了。"我同意。"小孩子不应该知道这些事。"知道了其实也没事，我在心里说。镜子里的我可能看起来还和以前一样，可是一旦我知道人们能做出什么事情来以后，我已经不一样了。我想总有一天，我会把心拿出来给大家看看，这样全世界就能看到那些事在我心里刻下了多么深的伤口。真正的我，已经是一个缩小版的诺森太太了。"历史对于小孩子们来说太沉重了，是吗？"

"是的，我同意。"波迪小姐迟疑地看着我。"不过你也许是她能想到的惟一能托付小黄星的人。"

"也许吧，可我只是去上钢琴课的。"我想到了"绝望"这个词。

"不管怎么样，我会帮你保留着的。不过要提醒你的是，这不是我的东西，她把它送给了你。"我听了波迪小姐的话后，只耸了耸肩。"你想拿回去的时候就告诉我吧。你有问题的话会告诉我的，对吗？现在还有什么问题吗？"

我冲她灿烂一笑。"没有了，波迪小姐。"我已经没有问题了。我了解所有的事情。有些人觉得自己比另外一些人优越，比另外一些人拥有更多的权利，糟糕的是另外那些人不相信竟然有这样的事情，因而也不懂得逃离；还有一大群人只是嘲笑和围观，看着那些人被侮辱。就这么让侮辱一直延续下去，一切就是这么开始的吗？你想让我问问题？先回答这个问题吧：忍受那些傻瓜到底要多久才算久？在愤怒的烈焰融掉冰冻的恐惧的时候吗？在魔鬼折断你的翅膀的时候吗？我知道这些会导致什么，我知道结果会多么丑陋。在书里、在我哥哥的背上、在诺森太太的手臂上、在大教堂的十字架上，一切都像水晶般清晰透亮：有时候人们必须很友善，但有时候你必须冲上前去甚至是冒着危险去做一个不友善的人，即使这个人你以前从来没有做过。

诺森太太说，"我们来唱《一个多么美丽的早晨》吧。"

"好的。"迈克尔说。他们唱了起来，我没开口。诺森太太的记忆力太糟糕了，也许她把黄星送给我的时候，也连同她的记忆一起送给了我。也许她已经什么也记不住了。Oooooo，这让我很生气。当我知道所有的事情之后，我为什么还要来这儿唱这些愚蠢透顶的歌呢？为什么我非得知道那些事？为什么是我？

"诺森太太，"他们唱完之后，我突然叫了起来，"我不想再上钢琴课了。"

"什么？"诺森太太说。

"什么？"迈克尔也很惊诧。

我看着这两个人，这两个温柔的人。当森林里老鹰向无辜的花栗鼠下手的时候，小鸟在歌唱。不管什么时候，小鸟还是在歌唱，不是吗？

"没事了，"我说，"你们继续唱吧。"

"不行，"诺森太太说，"告诉我发生了什么事。"

"我有些东西要写。"我叹了口气，"很难，这个作业太难了。"

"可怜的巴黎。"她说。

我想告诉她，诺森太太，军队已经开进你的巴黎的心里了。

"行了，巴黎，"迈克尔说，"我想在才艺表演上表现得出色些。"

"你在说什么呀？"

"嘿，你不记得了吗？《你是我所有的一切》？八年级的才艺表演？你要给我伴奏的，不是吗？"

"你想吃果脯吗，巴黎？"诺森太太问。"你看起来需要吃点果脯。"

回家的路上我边走边拼命地跺着脚，见鬼去吧，见鬼去吧，可是让我吃惊的是，迈克尔竟然"视而不见"——这是我当时能想到的最恰当的词。"你知道我为什么这么生气吗？"我停了下来。"你对这个世界一点也不了解。"

"你在说什么？"他问。

"我在说这个世界，迈克尔，这个世界！这个到处都是战争、死亡、饥饿和炸弹的世界，还有……迈克尔，你不能像什么也没有发生那样唱'你是春天里最美好的一个吻'。你不能这样！"

"为什么不呢？"迈克尔问。"我想摩西·埃里森也会唱的。"

"我不知道摩西·埃里森是谁，我想告诉你的是，他也会被塔娜佳打得稀里哗啦的。"我指出这个事实。"Ooooooo，迈克尔，有这么多歌可以唱。你为什么偏偏要挑那首呢？"

"因为我喜欢。"迈克尔说，"我早晨醒来唱起这首歌的时候，总是感觉窗外有人能听见，这首歌能让他们变得勇敢起来，能让他们唱出自己的歌，然后另外的人也会听见，就这样一直循环下去，你懂吗，巴黎？我要唱出我自己的歌！《圣经》上也是这么说的——'发出快乐的声音'。我的小妹妹，这就是我知道的世界。对了，摩西·埃里森是诺森太太唱片里的一个歌手。"

我看到他的眼中燃烧着战斗的火焰，迈克尔要用春天最美好的一个吻去和这个世界抗争了吗？我看到我有一个世界上最勇敢的哥哥。

我知道自己也该出场了。

17
有教养的人打架了

第二天去学校的时候，我再也不关心自己是不是一个有教养的人了。就像迪金格和德贝拉克说的那样：

1. 如果你什么都没做也会惹来麻烦的话，那么最好还是做点什么吧。

2. 打架的时候，一定要先出第一拳，不管怎么样，你至少知道自己还是打出了一拳的。

3. 打架的时候千万不要把大拇指缩在拳头里，那样很容易受伤。

离课间休息还有几分钟的时候，我对塔娜佳说："你昨天打我哥哥的时候打得很痛快吧，不过你以后再也没机会这么做了。"

"你和你哥哥，"塔娜佳不屑地说，"你就只会拉着他到处炫耀，你就只会拉着你所有的哥哥们到处走来走去。"

我弄不明白她到底在说什么，不过我现在变聪明了，我知道有些事情没必要搞明白，我只知道我必须打倒她，因为我不会允许这样的事情再发生了。"你为什么要打我哥哥？"

"这跟你有什么关系？他自己可以还手，"她说，"他为什么要那么做？是他不对。"

"他做什么了？他从来没有对任何人做过任何不好的事。你要是不欺负他的话，他甚至连你叫什么都不知道。"我感到自己气得快爆炸了，就像德贝拉克的玩具车上的小转盘转得越来越紧，几乎都能闻到金属融化的味道了。"这不公平，塔娜佳，就因为你是女孩他才不还手的。"

"他才是女孩，"塔娜佳说，"他如果还是这样的话，死了活该。"

我觉得自己好像并没有离开座位，但是我听到课桌倒地的声音、女孩子们尖叫的声音；我感觉到我的指甲嵌进她的辫子里；我感觉到她的牙齿抵着我的脸颊，很显然她想咬我；我感觉到其他人在把我们拉开，可是我们像维可牢尼龙搭扣一样，这么长时间以来的愤怒像鱼钩一样咬得紧紧的，谁也没法拉开。"住手，住手！"

151

波迪小姐大叫道。露兹跑到内部电话机旁，胸部一起一伏的，焦急地等待波迪小姐示意她给办公室打电话。这时下课铃响了。

"你们想告诉我到底出了什么事吗？"波迪小姐边问边察看我脸上有没有伤口，塔娜佳头上有没有出血。

"没事。"塔娜佳双手抱在胸前说道。

"让我告诉你吧，"德里说，"塔娜佳在课间休息的时候老是欺负巴黎的哥哥。"

"安静一点。"塔娜佳警告他。"你最好别管闲事。"

"哦，是吗？你想怎么样？"德里问道。"出手吧，塔娜佳小姐，不过你可别指望我一动不动地站在这儿。我可不是那么好欺负的。"

"噢，德里，你就别挑事了。"波迪小姐瞪着他说。

"他说的是实话！波迪小姐，我哥的背上被撞得青一块紫一块的。"我终于说出来了！我说出来了！

"不，他没有受伤！"塔娜佳大叫道。

"你怎么知道？"我感觉到我的脑袋用一种想要恐吓人的方式转了转。"你以为你能一直这么下去吗？我会给你点颜色瞧瞧的。"

"我现在就可以把你打趴下，米妮鼠。"塔娜佳对着我嚷道。

"Ooooooo。"同学们炸开了锅。

"你们还待在这儿做什么？"波迪小姐抬高声音说，"课间休息的时候，你们不是希望跑得越远越好吗？相信我，谁也不会给谁颜色看，谁也不会把谁打趴下的。"他们离开以后，教室里空出了一大块。

波迪小姐看看塔娜佳，又看看我。"我对你们两个感到很失望。如果连教室里都找不到和平的话，你们还指望在这个世界的哪个地方能找到和平？"

"我一点都不指望世界上能有和平。"我大声说。

这是第二次，波迪小姐用一种好像根本就不认识我的表情看着我了。她半天说不出一句话来。"你认为你妈妈现在需要知道这件事吗？"波迪小姐问塔娜佳。

"不，波迪小姐。"塔娜佳边说边揉着她的额头。我不想让

她们看出我的担忧，我很担心要是我妈第二次被叫到学校来她会怎么样，可是波迪小姐并没有问我。塔娜佳又开始表现出在教堂里的那副悲惨样子来。你在开玩笑，是吗？你一定是在开玩笑。

波迪小姐要塔娜佳去美术老师的办公室冷静一下，老师只问了她一次要不要请家长。这太不公平啦！

"她怎么能先走呢？"我追问道，我感到自己有点太不礼貌了。"我的意思是，你不一定先要从我开始问起。"

"我想先和你谈谈。"波迪小姐拉过一张椅子让我坐在她的对面。接下来是一段长时间的沉默。"这件事有一段时间了，是吗？发生了很多事是吗？"她最后开口道。

我低下头看着角落，不想回答。可是当我抬起头，看到她用最关注最悲伤的眼神看着我时，我忍不住趴在桌子上放声大哭起来。我感觉到她在轻轻拍着我的肩膀，如果我有翅膀的话，那里就是长出翅膀的地方。

"我一直想勇敢一些的。"我最后开口说。我希望她能这么回答我：

1. 可怜的巴黎，

2. 你很勇敢，

3. 我知道你是个有教养的孩子，如果不是忍无可忍的话，你是绝对不会动手的。

可是，她却说："塔娜佳也是这样。"

"我才不管塔娜佳呢!"我不屑地说。

"我想告诉你一些事，"波迪小姐说，"虽然你现在很生气，我还是希望你能听我说下去。有时候有些人成为我们的敌人，并不是因为他们和我们不同，而是因为他们有些地方和我们太一样了，只是我们不想看到这些罢了。"

"我和塔娜佳没有任何相同的地方。"我坚持道。

"也许塔娜佳身上有些东西和你一样。也许你也有些东西和她一样。也许你有一些她就要失去的东西。"

"什么？"我问。

波迪小姐看起来欲言又止的样子。"这么说吧，也许你拥有一些连你自己都没有意识到的东西。不过，那并不代表她就可以欺负你哥哥。"波迪小姐坚定地说，"这件事不会再发生了。"

"波迪小姐，这件事不应该由我来插手的。"这件事解释起来实在太困难了。"我哥哥应该靠他自己来解决。"

"一个人被别人打倒时，很难靠自己的力量站起来。"波迪小姐说，"有时候，人们需要其他人的帮助才能站起来，其实我想说的是，大多数情况下人们都需要其他人的帮助才能站起来。人们不应该为此感到羞耻。"

"不会感到羞耻吗？"我这么问的原因是：

> 1. 我感到很羞耻，所以这里一定有让人感到羞耻的地方。
> 2. 路易斯说有些老师永远都是小孩，也许她就是那些老师中的一个。

"不过别担心，看起来我已经解决这件事了。这是我应该做的，你明白吗？"我点点头。"巴黎，我想告诉你一些别的事情。当我还是个小女孩的时候，我最好的朋友一开始却是我的敌人。"

我心想，露兹已经是我最好的朋友了，我可不想再有一个魔鬼做我的好朋友。可我嘴上只说了句"真的吗？"

"是真的，她经常在班上抄我的数学试卷。我当时想，她太卑鄙了，她是个骗子，她想把我拖下水，我不想和她有任何关系。后来我看到她其实只是想做个好学生，就像我一样，所以我开始在考试之前教她数学。她现在经常给我打电话，巴黎，我们仍然是好朋友，二十多年的好朋友了。但是我并没有吸取经验，直到现在，当我遇到一些女人的时候，我第一感觉还是不好，我想我们不会有任何相同的地方，可是后来我发现其实我们也有相同的地方，她们也有很多优点。我们之间可能不一定成为最好的朋友，但彼此之间相处得很愉快就已经足够了。我不知道，如果我不把疑问和偏见扔掉的话，我心里是否还有地方能接受和容纳她们。"

上课铃响了。波迪小姐看了眼钟表，叹了口气说："巴黎，那个地方就是和平居住的地方。我们心里那个小小的空间可以包容很多人，在那里我们将尽力找到与其他人的相同之处。巴黎，也许这就是我们能够期待的和平，让我们期待这样的和平尽快出现好吗？"

"好的，波迪小姐。"我抽噎着说。"我会试试看的。"

我觉得自己该去洗洗脸，但是我不想一个人去卫生间。我还没准备好去迎接和平的到来。

18
坏女孩也会流泪

有一天下午，教室外面下着雨，还打着雷，大家安静地坐在教室里做作业。一阵敲门声响起，只见校长先生探进身来叫波迪小姐到大厅里去一趟。过了一会，波迪小姐回来了。

"塔娜佳？"她叫道。"塔娜佳，亲爱的，出来一下。"

"Oooooo。"这是全班同学的习惯反应。

"谁，我吗？"塔娜佳说。"我做什么了？"

"没什么，"波迪小姐说，"拿着你的书包，你妈妈在外面，你今天可以早点走。孩子们，我出去的时候你们最好乖乖的。"她警告地看了看大家。

"我妈妈在外面？"塔娜佳慢慢地收拾好东西出了门。过了一会，一声尖叫从大厅的方向传了过来，那声尖叫就像一记鞭子抽到了我的身上。"不会是他。"是塔娜佳的声音。"不！不！

不！上帝，不！"一群成年人的声音纠缠在一块，似乎在安慰她。后来，声音渐渐像回声一样消失了。

詹妮站起来又坐了下去。大家你看看我我看看你，谁也不知道发生了什么事。

波迪小姐走进教室，背对着我们看着窗外。

"出什么事了？"里昂问道。

"塔娜佳家里有人去世了。"

波迪小姐脸朝着窗外说。"她这几天不来上课了，她回来的时候我们要对她更好一些。"

"我们知道。"柯蒂娜说。

"我知道你们知道，"波迪小姐说，"我只是不知道要说些什么好。"

"是她哥哥吗？"卡瑞敲着太阳穴咬着嘴唇说。

詹妮趴在课桌上哭了起来。"他病了很长时间了。"她抽泣着说。

詹妮还说了句粗口，可是波迪小姐并没有警告她要注意文明用语。她示意她去洗手间，詹妮起身离开了。

我不知道她有一个哥哥，我不知道她有个生病的哥哥。我不知道。我想到那个穿着紫色连衣裙、站在教堂第五排哭泣的女孩，想到我那些丑陋的想法，她以为她是谁？她以为她能骗谁？魔鬼都知道星期天要打扮得漂亮一些。我觉得全身一点力气都没有了。

我们开始筹钱买花。

19
路易斯的18岁梦想

路易斯十八岁生日的时候，爸妈想带我们全家去餐馆吃大餐。可是路易斯不想去，他说能不能从杰克鸡叫快餐在家吃，因为杰克鸡是他最喜欢吃的东西。他说他还要带一个特别的客人来，到时还会送给大家一份特别的礼物。我们都非常兴奋。除了糖果包之外，我们还没有在别人生日的时候，收到过任何礼物呢。让我惊讶的是，路易斯带来的那位特别的客人竟然是露兹的姐姐伊娃！她穿着红T恤短裙子，头巾的颜色和衣服很搭配，看起来漂亮极了。当她在屋里走来走去的时候，妈妈表现得像只街头野猫一样，离她远远的，可是妈妈的目光却一直落在她的身上。我觉得她的头发都竖起来了。

吃晚饭的时候，大家都感到气氛很紧张。爸爸想缓和一下气氛。"今天是怎么了？"爸爸笑着说。"吃饭的时候这么安静，大家一定是饿坏了吧！"

迪金格和德贝拉克像白痴一样，无缘无故地咯咯笑个不停。路易斯和伊娃你看看我，我看看你。妈妈啃着鸡块，眼睛里喷着火。

路易斯用餐巾纸擦了擦手上的油，站了起来。"妈，"他开口了，"爸。"

"路易斯，路易斯，路易斯，你什么都别说了。"妈妈把鸡块放下，看着爸爸，咆哮道："她怀孕了！"

爸爸看了看路易斯又看了看妈妈。"什么？"他说话的时候嘴里塞满了鸡肉。

"她一走进这个家门我就感觉到了。妈妈能感觉到。你明白吗？"她指着伊娃说："小姑娘，你在我面前表现得文静又害羞，不过一点用都没有。我有你家的电话号码，我还知道你住在哪，你的事情我都知道。"

"是真的吗，儿子？"爸爸问道。

"是的，爸爸。"路易斯说。他和伊娃都低着头。

妈妈瘫倒在椅子上一声不吭，有几分钟我们大家谁都没有说话。我们蘸着番茄酱吃着薯条，好像什么都没有发生一样，直到爸爸开口说："行了，至少他还会弹吉他。"

"弹吉他！"妈妈大声说道。"噢，我的上帝啊，至少我们得先知道是怎么一回事吧！"

她爆发出一声大笑，好像有块鸡骨头卡在喉咙里似的。

"有些事是没法预料的。"爸爸的嘴巴无奈地动了动。

"没有预料到！他本来没事的，你们本来都没事的。他买车的时候我说什么来着？我告诉你'不行，你得让他把后座换成折椅。开伊帕拉出去绝对没什么好事。'我就是那么说的，你们记得住吗？告诉你们吧，这个家里就没人听我说话！"她重重地坐回到椅子上去。

"要是生的是女孩的话，你会叫她拉拉吗？"德贝拉克问道。

Ooooo，是个女孩。我还是刚知道这点。

"你不去加利福尼亚了吗？你不上大学了吗？你知道推迟梦想的结果是什么吗？"妈妈问道。"你永远都实现不了了，路易斯，永远实现不了了！"

"妈妈，你为什么要这么激动？"路易斯说。"这是我的梦想，又不是你的。我不在乎晚一点去实现。也许以后我的梦想又变了。"我从来没有注意到路易斯的声音这么低沉过。

"因为他们没有结婚，所以她爸妈把她赶出来了。"迪金格之所以告诉我们这个消息，是因为他想换个话题。路易斯脸上露出"我要杀了你"的神情，迪金格脸上则露出"我什么都没做呀"的表情。

"棒极了，"妈妈说。伊娃看起来想说些什么，路易斯拍了拍她的手。"你的意思是要留在这儿了。"妈妈说。

"求求你了，妈妈。"路易斯说。"我一攒够钱就出去租房子住，我能办到，我的车就是自己攒钱买的。"

"他就是在车里做的。"迪金格小声说。桌子蹦了起来，好像有人在下面踢了他一脚。

"应该让他坐巴士的。"妈妈抱怨道。接着妈妈指着我们几个孩子大声说道："你们其他人以后只准坐巴士！不准买汽车！"

"妈妈，宝宝肯定很漂亮。"我平静地说。

"你闭嘴！"妈妈厉声说道。"漂亮的小宝宝要睡在哪儿？睡在浴缸里吗？"我想告诉妈妈诺森太太曾经告诉我，她第一次去非洲的时候，看到婴儿们都睡在衣柜的抽屉里。不过她既然很没礼貌地叫我闭嘴，我也不想做个没礼貌的人。

"怀孕多长时间了？"妈妈问。

"四个月了。"伊娃的声音小得几乎听不见。

"四个月！"

"我们本来想等到我十八岁的时候再说的。"路易斯解释道。

"为什么要等到十八岁？还得在生日蛋糕上多插一根蜡烛。"妈妈说。

"够了！"爸爸的声音像低音鼓一样深沉。"好了，我们又不是人类历史上第一个发生这种事的家庭。"爸爸说得很有道理，他说话的方式就像带刷子的鼓槌一样，呼…呼…的。"我们会想办法解决的。伊娃，欢迎你来我们家。"

"你让我四十岁就做奶奶了。"妈妈说，"路易斯，我永远都不会原谅你。"

我不知道妈妈对这件事这么认真。

那天晚上迈克尔兴奋得睡不着觉，他偷偷溜进我的房间，在我房间里走过来走过去，我发现他的睡裤短了至少有三英寸。"我要学会用那个土豆捣碎机！"他说。"我从来没用过，我会把香蕉和土豆都放进去。婴儿喜欢吃豆子吗？他们是不是吃的和我们一样？我想知道哪儿有卖婴儿食物的烹饪书。"

我脑子里正在想自己的问题。"这样的话，我和露兹是不是就变成姐妹了？"我太想知道答案了。

"噢，"迈克尔开始唱歌了，"'西班牙人住的哈雷姆区盛开着一朵玫瑰花！'你知道吗，巴黎？我觉得这是我们家最好的时光。'西班牙人住的哈雷姆区盛开着一朵玫瑰花！'"他在我的窗子前面跳起了恰恰，街灯的光芒环绕着他，月光洒落在他的额头上，好像给他戴上了一顶皇冠。从路易斯和迈克尔虚掩的门缝里，我看到伊娃也在看着他。伊娃的脸宁静苍白得犹如月亮一般，路易斯的手臂环着她，她的头半露在毯子外面，脸上露出轻轻的微笑。

20

《以前》——德里·赛克斯作品

一个星期以后，塔娜佳回来上课了。她看起来又拘谨又苍白又疲惫，她的嘴巴好像被缝了起来，看起来和洋娃娃的嘴巴差不多。

"我为你哥哥的事感到很难过，"里昂说，"虽然知道这件事迟早会发生，可是真的发生了还是让人很难接受。"

埃米尔捅了里昂一下，暗示他什么也别说了。里昂缩回到椅子里，他看起来很尴尬。

塔娜佳的嘴抿得紧紧的，好像在吞药一样。"埃米尔，没关系。谢谢你，里昂。"她哽咽着说。

波迪小姐温柔地朝塔娜佳笑了笑，然后开始上课。她很少点塔娜佳回答问题，点到她的时候她也不回答。詹妮把小纸条递给我让我传给她，可是她收到以后根本就不打开，而是直接塞进抽屈里了。

那天下午，德里宣布："我要放我的电影给大家看。"

"德里，我还要上课。"波迪小姐说。

"不会吧，"德里噘着嘴说，"连一分钟的电影都不让我放。"

"为什么不再等一段时间做个首映呢？我的爆米花还没准备好呢。"波迪小姐说。

德里摇了摇头。"就现在放，一分钟就够了。"

"我想先看一眼。"波迪小姐看起来有点不放心的样子。

"波迪小姐，是你把摄像机给我的，现在连一分钟的短片都不让我放吗？我看到的和班上的同学看到的一模一样，只不过我脸上长着一架摄像机罢了。"他边说边瞪了莱香达一眼，莱香达也瞪了他一眼。

波迪小姐似乎正在考虑是和德里争论下去花的时间多，还是让他放一分钟的短片花的时间多。最后，她从角落里搬出录放机连在摄像机上。"你只有一分钟，德里。"她按下了计时器。

"《以前》——德里·赛克斯作品。"他向大家宣布短片的片名。

镜头摇过班上的每一个人。我们正在做作业。窗外电闪雷

鸣。一阵敲门声响起，只见校长探进头来问："波迪小姐，你能到大厅来一趟吗？现在？"

波迪小姐像针扎了屁股一样突然站了起来。"德里·赛克斯！立即关掉！"

"已经放完了。"德里满意地说。计时器响了，带子自动倒了回去。

"塔娜佳，我非常非常抱歉。"波迪小姐向她道歉，好像做错事的是她。"我不知道，我不应该让他……我没有尽到责任……"

可是我们一点都不生她的气。她怎么知道德里会做出这种可怕的事情呢，拍下让她想到她哥哥的录像……而且还放给大家看？他是魔鬼变的吗？要么他就是个魔鬼？塔娜佳的眼睛一眨不眨地盯着屏幕，好像失去知觉一样。

"德里，这太卑鄙了。"多米尼戈说。"你是不是发神经了？"

"再放一遍。"塔娜佳说。

"什么？"

"她说，'再放一遍。'"德里像公鸡一样抖了起来。波迪小姐看起来已经不知道怎么办了。屏幕又开始动了起来。还是摄像机的眼睛——难道这真的是德里在看着我们吗？——从一个学生身上移到另一个学生身上。镜头扫过塔娜佳，她和其他人一样正在做作业，不知道大厅里发生了什么事情，不知道这些事情和她有关。然后是全班同学做作业的全景。窗外的雨水在我们的脸上投下奇怪的影子，好像我们都在哭泣一样，为一个悲伤的礼物在哭泣，但是我们自己都不知道。

敲门声响了，好像一记重击，有人说"塔娜佳？"特写。"塔娜佳，亲爱的，出来一下。"

塔娜佳，亲爱的，出来一下。

塔娜佳，出来一下。

"谁，我吗？"塔娜佳吃惊地抬起头。黑屏。

我们谁都没说话。"这是一部悲伤的电影，德里。"波迪小姐的语气很沉重。

塔娜佳哭了，眼泪顺着脸和脖子淌了下来，可是她的脸上带着微笑。"不，这并不悲伤，"塔娜佳说，"你们不明白。这个录像说的不是我生命中最悲伤的一天，而是我生命中最幸福的一个时刻。从这个时刻以后……"她哽咽着说完以后，哭得更厉害了。

波迪小姐拿了张餐巾纸给自己，然后把一盒餐巾纸都递给了塔娜佳。"詹妮。"她叫道。詹妮站起身，我猜她要带塔娜佳去洗手间。

"等等。"德里说。他按了按摄像机上的弹出按钮然后把录像带递给塔娜佳。"送给你了。"她点了点头，走出教室。

有一段时间大家都没有说话。我的喉咙里好像卡着什么东西，怎么咽也咽不下去。其他的同学也都低下头盯着鞋子，用袖子擦着鼻子。塔娜佳把一盒餐巾纸都拿走了。

"你怎么知道这么做是对的呢？"卡瑞问道。"我可不知道怎么做才是对的。"

"你怎么知道我知道呢？"德里不耐烦地说。

我心里想，这个坏坏的男孩的目光落在了麻雀上。就在这间教室里，他成为了他姐妹的守护人。而我又为我的兄弟做了些什么呢？

"你做得很好，德里。"莱香达擦着眼泪对他笑了笑。

德里没有理她。"我需要一盒新磁带。"他提完要求后，一屁股坐了下来。

21

真正的勇气

回家以后，我告诉迈克尔，塔娜佳回来上课了。迈克尔叹了口气说："我最好给她打个电话。"

"你在说什么？"我生气地说，"她哥哥死了。你现在给她打电话她会对你更生气的。"

他的眼睛睁得更大了。"她为什么会对我生气？"

"你还没明白吗？"我说。"她很妒忌，因为你有些方面和她哥哥很像。她知道她哥哥要死了，很恼火，所以把气撒在你身上。"我想到塔娜佳说的话。为什么他一定要像那样？为什么他要那么软弱。你带着他到处走，你只想到你自己。他要是还是那样的话，他就去死吧。我想知道的是，她哥哥也会做慕斯蛋糕吗？会跟着唱片一起唱歌吗？晚上会走进她的卧室和她说话一直说到她睡着了吗？她哥哥死后一定留下一大块空白的地方，想到这里我不禁打了个冷颤。

"现在她没有什么好发泄的了。"

"哈！"我大笑起来。"你不认为她为她哥哥的死感到很恼火吗？"

迈克尔转过身来紧紧盯住说我，"你还是不喜欢她，是吗？"

"你呢？"

"我只知道她做了一些事，她家里出了一些事。可是我一点都不了解她。"迈克尔说。

"我知道她总是欺负人，她还打我哥哥。"

他叹了口气。"把她的电话号码给我。我知道你发的那些超级读者俱乐部的表格上有。"

"不给！"

"好吧。"他说，"我知道她住在哪儿。"他紧紧地抓着我的胳膊，把我都弄疼了。他拉着我要去找塔娜佳。

"不去！"

"巴黎！你现在为什么变得这么冷血？"

"你为什么变得这么软弱？"我挣扎着甩开他的手。"她说你的话也许是对的，没有人像你那么软弱……你反抗的方式像嘘走一只苍蝇一样。你是个胆小鬼，你知道吗？"迈克尔左右看了看，想看看周围是否有人会听到。我感觉很糟糕。妈妈说过语言就像牙膏，挤出来以后就很难把它再挤回去了。她说得很对。

"你不是胆小鬼，迈克尔，我收回我刚才说的话。你知道我不是那么想的。对不起。我不是那个意思。我只是太累了。为什么我每次都要为你出头。我已经尽力了。你看不出来吗？"

"我从来没让你为我出头。"他的脸唰地红了，脸上的肌肉绷得紧紧的。

"你自己也不做点什么。"

"做什么？是要我把她打得鼻青脸肿吗？"

"就是！"我叫道。

"然后被送到校长办公室？让爸妈从上班的地方赶过来？停课写检查？让我的同学嘲笑我欺负一个五年纪的小女生？"

"好了，好了。"我说。

"把她狠狠揍一顿？不考虑能不能申请到高中艺术课程？不考虑能不能毕业？她要么带把刀要么带把枪再回来找我算账？让一个女生哭得稀里哗啦的？是这样吗？你想让我这么做吗？"迈克尔的声音越来越高。他从没用过这样的方式和我说话。"巴黎，你以为我从来没有想过这些事吗？我已经受够了！不要老攥着我的仇恨不放手！你被惯坏了！大家都喜欢你，巴黎，你的朋友多得数不清，是不是？你是大家的宝贝，你是读者俱乐部的主席，你是老板，是明星。你做的事都对。"他干脆站住了。"不是每个人都喜欢我，没错，可是这并不意味着他们有权利告诉我该怎么做。你明白吗？"

我的眼泪掉了下来。"对不起，迈克尔。"

"你不用说对不起，我只是为你感到难过。"他推开我的手。"你们班有个女生的哥哥死了，你一点都不难过吗？我很难过。"

我不知道该说什么好。

"不管怎么样，"他继续往前走，"承诺过的事情就不能反悔了。"

"你在说什么？"

他停顿了一会，好像在犹豫说还是不说。"你还记得你小时候，我抱着你转圈把你摔在壁炉架子上的事吗？你的头撞流血了，妈妈把你送到医院……看起来是我害死你的，巴黎，那时我真的以为我把你杀了。我害怕极了，我向上帝祈祷，我说，'上帝啊，要是你让我妹妹活过来的话，我以后会做一个好人，我会很温柔，我再也不会调皮捣蛋了，我再也不会干让别人流血的事了。'后来你活过来了，妈妈把你抱回家。"他得意地露出一丝微笑，好像是他救了我一样。"我就是在那个时候选了一件乐器。"

"什么乐器？"

"就是我自己！"他抬头看着天空。"我就是演奏和平的乐器。"

"嗯，你弹得确实不错。"

"谢谢你。"他笑着说。

"可是，迈克尔，你不应该老记着那个小意外，我没事，看到了吗？这是很久以前的事了，上帝不希望你老是记着这个承诺。"

"他希望我能尽力，"他解释道。"上帝希望我能尽力实现我的诺言。我许诺过我会做个好人，所以我一直在尽力这么做。"

"你还是和路易斯吵架啊。"我说的是实话。

"爱放屁的哥哥不算数。"他说的也是实话。

那天晚上，我坐在床上做作业，可是满脑子都是上帝说话的声音。他把小孩子们从天堂送到人间的时候，告诉每个人"要做个好人，要尽力去做啊"，然后等他们回到天堂大门的时候，他就会问"你们尽力去做了吗？"

他会问每个孩子这个问题。

我从床下的鞋盒子里，找到了塔娜佳填的读者俱乐部信息表。在拨她家号码之前，我花了很长时间让自己脸上的肌肉平静下来，平静得不再像有人在踩我的脚一样。迈克尔走了进来，双手抱在胸前看着我拨电话。最后我终于拨通了她家的号码，但是我马上又挂断了。这次轮到迈克尔对我横眉冷对了。

不到五分钟，电话响了。

"你好？"

"是巴黎吗？"

"是我，请问你是谁？"

"你是什么意思？我是塔娜佳，你刚才给我家打电话了。"

"你，你怎么知道是我打的电话？"我结结巴巴地问道。

"来电显示。你想干什么？"我好长时间都不知道该怎么回答她，直到她又说了声"你好"看我还在不在听。

"我忘了。"我的回答很没有说服力。

塔娜佳咕哝道："晚饭以后不要给我家打电话，我妈妈需要安静。"

“好的。”我说，“对不起。”

我觉得自己愚蠢透顶了。为什么我要说对不起？是她应该说对不起才对。“问问她想不想过来。”迈克尔在旁边说。

“等一会，我哥哥想和你说几句话。”我说。我们在电话旁无声地斗争了一会，直到他拿起电话。

“我是迈克尔，你知道的，巴黎的哥哥。”他停顿了一下。

“是的，很不幸，就是那个迈克尔，哈哈！”我能看到他讲话的时候喉结一动一动的。“我想知道你愿不愿意来我们家一起做核仁巧克力饼？”

我猜她已经回答了。迈克尔把电话递给我的时候，那边已经挂断了。我把听筒摔到座机上，一共摔了五次。

“好了，马丁·路德·金应该为你感到骄傲了。”我冷笑着说。

“你真这么想吗？”他的眼睛亮晶晶的。

我叹了口气。“她怎么说？”

“她说如果她能带个朋友一起来的话，她就会过来。”

“她是怕我们一起欺

负她。她想得没错。"

"你要是这么坏的话，真应该加入德贝拉克他们一伙，帮他们把车配件藏在床下面。"迈克尔摇晃着脑袋学着我说话的样子。"好吧，她要带朋友来的话，我就把弗雷德里克叫上。"

"弗雷德里克一点用也没有。"我厌恶地说。

"他可以烤巧克力饼啊！"迈克尔提醒我说。

塔娜佳就在我家的厨房里，围着一个大大的围裙，站在弗雷德里克和迈克尔中间，搅着一大碗面糊糊。案子上全是面粉和可可粉。弗雷德里克的眼镜片上也沾着巧克力。德贝拉克和迪金格坐在桌子旁边。是我让他们留下的，以免她先挑事。不过到现在为止，我看到他们只是在做巧克力饼。詹妮挤在他们中间，忙着在做好的巧克力饼上撒一层冻霜。厨房太小了，她的肩膀缩成一团。我坐在一边看着他们，简直不敢相信我的敌人此刻就待在我家的厨房里。

"我们要烤三炉核仁巧克力饼，"迈克尔告诉大家。"不要搅得太用力了，不然会像蛋糕一样。再加点油，这样饼会软一些。我对你哥哥的事感到很难过，塔娜佳。不过，你以后不要再打我了，好吗？我不喜欢这样。"我哥哥停了下来，把沾着巧克力的手指放在嘴巴里。

"好的。"她的声音小得几乎听不见。

　　"你让我想起塔娜佳的哥哥。"詹妮开心地说，"他比你要大一些，看起来像大人一样。不过他和你一样高，皮肤一样黑，你有些地方让我想起了他。"

　　"一样温柔吗？"迪金格一脸天真地问。

　　"嗯，是的。"詹妮说。"差不多。"

　　"不要谈我哥哥。"塔娜佳用威胁的语气说，詹妮没理她。

　　"为什么不能谈？"她舔掉手上的冻霜粉。"难道你想忘了他吗？我可不想忘了他。他是个好人。"

　　塔娜佳哭了起来。迈克尔眼睛都没有眨一下。"巧克力里的盐够了。"他说。他的胳膊搂住她的肩膀，给了她一个轻轻的拥抱。

22

写给全体师生的一封道歉信

我决定做一期超级读者俱乐部特刊。

大家好，我是巴黎·麦柯格雷，我为黄星给大家造成的困惑感到很抱歉，我将写满整张纸来表示我的歉意，因为我确实感到很抱歉。你们已经看到了我对黄星代表的意义表现得多么无知，我也知道，我不是惟一一个无知的人。所以我能想到的最好的一件事，就是告诉大家我所知道的。这和美国内战的历史一样重要，无论是对黑人还是西班牙人来说，都一样重要。

我们每个人都做了一个小黄星，我们也不是都做错了。是的，黄星和纪念某个人有关，但是要纪念的是在可怕的第二次世界大战中幸存和死去的那些人。第二次世界大战简称二战。你们可能要问那是什么时候？下面就是相关的信息。被称做纳粹的德

国士兵在他们的领导希特勒的指挥下，在1930年和1940年间杀害了数百万的犹太人。纳粹命令所有的犹太人必须在衣服外面戴上黄星，这样他们就知道谁是犹太人、谁可以被杀了。这些人包括孩子、爸爸、妈妈、爷爷、奶奶，还有老师，还有虽然不是犹太人，但是不被希特勒喜欢的人。这些杀人的事情被叫做大屠杀。希特勒希望所有的人都是一样的，他不知道这个世界需要不同的人来组成。

你们可能要问，为什么犹太人不反抗呢？有些人反抗了，但大部分人被吓着了，因为他们一直都在尽力做一个善良的人，他们从来没有想到要去挑起战争。他们不相信人类竟然会变得这样可怕，所以他们在很长一段时间内备受摧残。纳粹党虽然和三K党一样可恨，但是他们并不把自己的脸藏起来。倒是犹太人，为了活下来不得不东躲西藏，另外一些人不得不躲到犹太人区里，这和现在芝加哥的犹太人区完全不一样。那个时候的犹太人区四周是有围墙的，人们进来了就没法再出去了。有些人被送到集中营，不过这和我们暑假的露营完全不是一回事，犹太人就是在这些集中营里被杀害的。有些犹太人为黄星感到骄傲，因为这是他们身份的一个见证。

如果你想看看二战时期的黄星是什么样的，你可以在学校图书馆的陈列室里看到它。感谢诺森太太把这件珍贵的手工艺品送给了我，还要感谢艾丝帕诺莎小姐帮助我列出这些书单，这些书会帮助我们了解和记住那段历史。这样大屠杀才不会再次发生，或者有一天这些事又发生了，我们能够辨别出来并且能在它变得不可收拾之前想办法阻止它们。读这些书的时候要很小心，因为你们可能会觉得很难过，或者你们会觉得对一切失去了兴趣，这些都没有关系。事实上，我们不可能避免这些事，看看电视就知道了。但是请尽力让自己不要太悲伤，这不是我们的工作。

我觉得我们的工作是：

1.为了那些没有机会幸福地活到现在的孩子们，我们得加倍地让自己过得很幸福。

2.对我们的家庭心存感激。

3 记住人们可以变得多么坏，这样就可以提醒我们要尽力变得有多么好。

尽力就好了。真的要尽力。虽然，这是一件很难的事。

波迪小姐很高兴，因为她在看完我写的东西以后给了我一个热烈的拥抱。我很想把它拿给诺森太太看，我也想告诉她：波迪小姐怎么在课堂上给我们讲二战的历史，怎么让我们大家一起学习；她还回答了我们很多的问题；她还设想也许诺森太太可以来班上和大家聊一聊。我想告诉诺森太太这些事，还有路易斯和伊娃的事，不过我想还是等到迈克尔表演完以后再说吧。

我把迈克尔和塔娜佳和好的事告诉了诺森太太。"真是个绅士，"她说，"你哥哥，是一个真正的男子汉。还有那个塔鲁塔，听起来她好像改邪归正了。"她坐在客厅的沙发上吃着一块奶酪煎蛋卷，而我在练习一首很难的歌曲，歌名叫做《你走了以后》。

"不是塔鲁塔，是塔娜佳，诺森太太。"我说。"我打赌她以后还会对他动手的。"

"你是从什么时候开始变成赌神的？"她挥了挥手中的叉子，想让我忘掉刚才的想法。

"她会对他动手的。"

"我猜她会，"诺森太太说，"但也可能不会。你妒忌了吗？"

"妒忌什么？"

"妒忌你哥哥和她一起在你家做核仁巧克力饼？"我没有回答她。"如果你想听听我的个人建议的话，这种事你以后会遇到很多很多次。一个会做核仁巧克力饼的男孩子会非常受欢迎的，巴黎，会有很多人喜欢你的哥哥。但是你知道他会一直喜欢哪一个人吗？是那个能给他伴奏的人。"

我停了下来。"你会来看我们演出吗？车里的位子不够，路易斯先接我爸妈然后再回来接你。他一点差一刻到这儿来接你。一点差一刻你能准备好吗？"

　　"为什么你要把时间说两次？你把我当成什么人了，一个很老很老的老太太？我会在楼下等着他的。"诺森太太说。"除非我吃奶酪煎蛋卷的时候碰巧被噎死，不然我不会错过你们的演出的。"

　　我那天下午弹得很努力。我还唱了《我是一只快乐的小鸟》。我知道她喜欢这首歌。

　　迈克尔从听唱片的房间里走了出来，我们又练习了一个小时。"也许，我会唱那首《当你对着星星许愿》。"他说。

　　"太好了，就唱那首。"我请求道。

　　"也许返场的时候可以唱《你是我所有的一切》。"他笑嘻嘻地说。

　　"别忘了戴那顶帽子，"我们离开的时候诺森太太说，"知道了吧，我的记性比你们好多了。"

23

你是春天里最美好的一个吻

在很多人面前表演节目，是一件会让人紧张到想要小便的事情。比如说，那天我一走进礼堂，看到里面摆好的椅子，搭好的舞台和满礼堂大呼小叫的学生时，我立即转过身，几乎是径直穿过旋转门就到洗手间里去了，不过我马上就清醒了过来。

塔娜佳也在里面。

我们互相打量着对方。

"你好。"她说。

"我要用一下洗手间。"我边说边走进一个格子里。门锁坏了，我不得不一直推着门把手，好让门看起来是关着的。洗手间里有其他人在场的时候，小便会变成一件很难解决的事。我等着听到门关上的声音，这样我就知道塔娜佳出去了。可是我等了很长时间也没有听到。

"我从来没有针对过你。"她在门的另一边说。

我就是要针对你，我心里想。哎，我不能永远待在洗手间的小格子里呀。

我走出来说："我为你哥哥的事感到很难过。"我确实感到很难过。"不过你要知道，虽然你家里发生了一些不幸的事情，但是你不能这样对待其他的人。"

"你是说我，还是说你自己？全能的上帝啊。"她嘟囔着说。

我看到自己的影子投在银色的纸巾售货机上，为了演出，我的马尾辫用发带高高扎起。不要打架，我告诉自己，不然会把所有事情都搞砸的。

"我很难过，就像我刚才说的。我不希望任何人失去他们的兄弟。"包括你，我在心里对自己说。我开始洗手。她就站在我身后。她为什么不赶紧回教室去？

"好吧，你了解那个女孩吗？那不是我，不是真正的我。"

"不是你？"我想知道，她到底有几个"我"。我也想知道那些粉红色的洗手液冲干净了以后，我还要洗多长时间的手。

"巴黎，听我说，我刚才说对不起了。我不会再给你哥哥添麻烦了。我们上次在你家相处得很好。迈克尔是个好厨师。"

"他还有很多优点呢。"我说。

"是的，我知道。"她说。我想到了"击败"这个词。我能感觉到她正在回忆她哥哥的优点，就像我在回想我哥哥的优点一样。"那些书我真的读了。"她补充了一句，很阳光的样子。我被这个"真正"的她搞糊涂了，我得花点时间想想她到底在说什么。"所以我希望我们能够成为朋友。不仅是我和他，还有我和你。"

我可不这么想，我真的不这么想，不过我想到了波迪小姐说的话。后来你会发现其实我们有很多相同的地方。也许还不够做最知心的朋友，不过能一起渡过一段好时光也就够了。"我不知道，塔娜佳。"我说。

"教堂见吧。"她说。

紫色的裙子，第五排。"教堂见。"我说。

礼堂里比刚才更吵了，要是有可能的话还会更吵。我溜到第一排坐了下来，表演者要坐得离舞台近一些。迈克尔坐在我旁边，他戴着那顶插着羽毛的帽子，两手交叉放在膝盖上。"你怎么去了那么长时间？"他问道，我猜他真正想问的不是这个。

我把乐谱放在

大腿上，在隐形钢琴上练习手指的动作。"慢点唱，"我提醒迈克尔，"慢慢来，听着我的伴奏唱，好吗？"

迈克尔好像并没有听见我说的话。"爸爸来了吗？"

我站起身，想在人群里把他找出来。"不知道，迈克尔。我想他们可能坐在后面了。"

"他从来没有错过路易斯的足球比赛，你知道吗？"

"迈克尔，那是星期六下午，爸爸能去是因为这个原因，你知道的。不管怎样，他肯定会来的。"

"要是他的工作室找他有事怎么办？"

"他不会去工作室的。"我说，"一切都会很顺利的，你别担心。"

"我的声音不好听。"他都快喘不过气来了。

"你可以在歌厅里表演了，"我说，"诺森太太说的，你还记得吗？"

"他不会喜欢的，"他低声说，"他会为我感到难为情的。"

迈克尔的注意力为什么老在爸爸身上？"你为什么这么说呢？你在家唱歌的时候他听过呀。"

"我想要爸爸看到我做得不错。"他说。"不是在家里，而是在外面，就像路易斯做的那样。"

校长走向麦克风开始试音。演出马上就要开始了。

迈克尔看着我，露出了一个微笑——如果你把这种抿起嘴往两边扯的表情也叫做微笑的话。他开始前后晃动起来，看起来就快要晕倒了。"爸爸会喜欢你的演出的，"我安慰他说。"妈妈、诺森太太、路易斯和伊娃，还有弗雷德里克，他们都会喜欢的。"

"安静点。"背后有人说道。

"还有摩西·埃里森、比尔·伊文思、约瑟芬·蓓克、马丁·路德·金、埃娜·费兹格拉德、科尔·波特、杰罗姆·科恩，不管他们现在在哪儿，他们都会喜欢的，还有一些你不知道名字的人也会喜欢的。"我小声说。"外面会有人听到你的歌声，歌声会让他们变得更加勇敢，能让他们唱出自己的歌，然后另外的人也会听见，就这样一直循环下去。你明白吗？"他仍然把两手放在膝盖中间，前后摇晃着。不过他脸上露出了真正的微笑。"你知道还有谁会喜欢听你唱歌吗？是我，迈克尔。我喜欢你唱歌时的每一分钟。所以开心勇敢地唱出来吧。不要害怕让自己开心，这说明你有明星潜质。"他发出轻轻的笑声。

"安静点！"后面又有人说话了。

我转过身。"你自己安静点！"

我不知道为什么会有人让我们安静点。台上还是老一套，女孩们围成一圈跳着从他们姐姐那儿学来的过时舞蹈，男孩们凑在麦克风前唱Rap，歌词一句也听不见。一个白人小孩用小提琴拉《星条旗永不落》，一个女孩用美声唱法唱《我相信我能飞起来》，除了伴奏带的声音，你基本上听不到她在唱什么，无所谓啦，谁在乎呢？我想知道诺森太太看到女孩们跳肚皮舞会怎么想。我伸长脖子，但只看得到后面两排。

校长开始介绍我们了，我狠狠地捏了捏迈克尔的手，力气大得把我自己都弄疼了。钢琴是立式的，我看不到迈克尔，只看得到前排的观众。我从钢琴旁伸过头去，看到他对我竖起了大拇指。那是开始的信号。我听到坏孩子们的起哄声和喧闹声，这点和往常没什么两样。不过很快他们就安静了下来。我们只管专注于表演。

迈克尔这次唱得很慢。我停下来，他也停下来。他在听我弹到哪儿了。我尽力把这里想像成诺森太太的公寓，我们还待在我们自己的世界里。我开始为我自己演奏了。我想，这是我们的世界，是我们创造的一个世界。

并没有掌声雷动的情况出现，我想到的词是"不知所措"。我们表演完之后，校长拿过麦克风感谢大家参加活动，并告诉大

《星条旗永不落》（The Star-Spangled Banner），是美国国歌——译者注

家在听到指示之前，一律留在自己的位置上。我的爸妈冲上前来，爸爸把迈克尔夹在胳膊下面，用拳头摩擦着他的头。"我知道他会有出息的！"他大声叫道，不知道这句话要说给谁听。"我会带他公开亮相的，儿子，你可以在绿磨坊演出了！你们都看到了吗？这就是风度，风度和胆量。我知道你和诺森太太学的话，就会学到风度和胆量的。你看到了吗，儿子？爸爸早就为你设计好了。"爸爸的胸部剧烈起伏着，看起来比妈妈的还要夸张。

　　妈妈吻了吻我的前额。"著名的诺森太太现在在哪儿呢？"

　　是啊，她在哪儿呢？座位渐渐空了，可是哪儿都没有她的影子。我向后排的双层门看去。路易斯在那，他站在门边靠墙的位置，皱着眉头，面无表情。我远远地看着他，我知道发生什么了。

　　我推开妈妈的手跑到立式钢琴后面。我使劲地揉着眼睛屏住呼吸。我想让这个世界停止转动，我想要在我明白之前，回到过去的时光。

24
我知道怎么去巴黎

妈妈让我们都打扮好，然后一起去律师的办公室。律师是个小个子，秃顶，他站在那排高高的书柜旁边显得更矮小了。看到我们时，他显得有点吃惊。他从桌子下面拿出一个棕色的纸箱。"谁是迈克尔？"他问道。

迈克尔撕开纸箱的封条。"是唱片！"他的叫声让人联想到圣诞节的早晨。他从纸箱里拿出一本旧旧的书，书的封面是灰色的，还缠着松紧带。"杰罗姆·科恩的歌曲集。"他双手把歌本抱到胸前，叹了口气。"她把所有的东西都给了我。"

"并不是所有的东西，"律师说，"还有五千美元是留给巴黎·麦柯格雷的，她满二十一岁的时候，可以用这笔钱去法国巴黎。"

我觉得，我想到的词是……我不知道。我什么词也想不出来。妈妈咬着下嘴唇，眼泪掉了下来，爸爸轻拍着她的后背，伊娃和哥哥们小声地说着什么。

"好像得了大奖一样！"德贝拉克说。

"您是这笔托管财产的监护人吗？"爸爸问律师。

"诺森太太指定由你们，巴黎的父母，作为这笔托管财产的监护人。"

"什么是托管财产？"我问。

"就是你名义下的一笔财产，等到你长大以后才能使用。"律师解释道。

"那是不是说，要是我想把钱拿出来的话，需要我爸妈同意才行？"

"是的。"律师说。"你的父母可以取消这笔财产。但是诺森太太非常希望你能接受这笔钱，巴黎。"

"你要去巴黎，亲爱的。"妈妈说，"这是我以前的梦想。"她看着律师。"我们当然会接受这笔财产。"

我深深地吸了口气。"我希望取消。"我坚定地说。"我希望把这笔钱留给路易斯，这样他就能和伊娃和他们的小孩住在自己的房子里了。"

我的家人面面相觑，担心我是不是疯掉了。我看得出来我爸妈正在想怎么回答。

"家里再也住不下更多的人了，"我提醒他们，"我们都知道这一点。"

我看到路易斯很不安。路易斯整个夏天都在球场干活，他攒钱买了自己的车给爸爸帮了大忙。我想到很久以前我把三个五美元的钞票伸到诺森太太面前，诺森太太说"我可以免费教你，可是我不想让你感到难为情"。"你要是愿意的话，可以叫宝宝汉娜，"我告诉路易斯，"汉娜是诺森太太的妈妈的名字。"

"汉娜。汉娜。"爸爸唱出这个名字，好让大家都能听得见。

"不管怎么样，比拉拉好多了。"迪金格在德贝拉克耳边说。

路易斯咬着下嘴唇，伊娃把手放在了他的肩膀上。

"或者，"伊娃建议道，"要是女孩的话，我们可以叫她诺莎，以诺森太太的名字来命名。"

"就像西班牙人居住的哈雷姆区盛开的那朵玫瑰花。"迈克尔咯咯笑了起来。

"一言为定？"我问道。路易斯看着爸妈，不知道怎么回答。

"可是，巴黎，"妈妈说，"这不是诺森太太想要的，她想要你去看看和你同名的那个城市，她想要你去看看巴黎。"

　　我想到了诺森太太，我的快乐的小鸟，她的双手滑过键盘。我想到了诺森太太做的鸡汤和猪肝三文治。我想到了黄色的星星和她胳膊上的文身。我想到了客厅里的康康舞和姜汁味道的香槟，还有迈克尔的歌声在房间里飘扬。我想到有一个世界里，一个小女孩正在凝听树林里小鸟的歌唱，而小鸟不知道以后会怎么样。我想到教堂里有人在布道，我只是听懂了一半。有些事情我很想很想知道，有些事情我会慢慢开始知道的，可能会从路易斯取走这笔钱开始。我想到了玫瑰色的眼镜，想到我们走了七个街区去巴黎。我们走了七个街区，一点也没有迷路。

　　我在心里戴上那副玫瑰色的眼镜，所以谁也没看见。"别担心，"我对妈妈说，"我知道怎么去巴黎。"

把生活的萨哈拉
浇灌成爱意无限的巴黎

肖毛

巴黎是个小女孩，萨哈拉也是。要是不相信我的话，就请你暂时不要往下看，先去读一读《特别的女生萨哈拉》吧。我打赌，读了它之后，你会喜欢书中的萨哈拉、巴黎等五年级学生，还有他们的老师——波迪小姐，而且一定想知道这些学生和波迪小姐的其他趣事，爱斯米·科德尔大约也是这样想的，所以才会在《特别的女生萨哈拉》出版几年之后，为我们写出《我是女生，我叫巴黎》。

巴黎其实住在芝加哥。巴黎的妈妈梦想去巴黎旅行，却没有那么多钱，只能把巴黎孕育在她的身体里。于是，巴黎被叫做巴黎，代表将会实现的梦想。

巴黎的爸爸是个鼓手，巴黎的妈妈是家中的歌唱家。巴黎和她的四个哥哥，全都具有父母的音乐细胞。巴黎的四哥叫做迈克尔，经常被女生塔娜佳打伤。男生被女生打伤？这可能吗？当然可能啦。我念小学的时候，我们班就有一个力气很大的女生，外号叫"假小子"，特别喜欢打抱不平，常常把班级里最能打仗的男生揍得哇哇大哭，连老师都替他们感到伤心呢。可是，迈克尔是个规规矩矩的男孩子，从没有欺负过塔娜佳。更加奇怪的是，就在被塔娜佳打伤一只眼睛的时候，迈克尔竟然也不还手——你们班有这样的男生吗？

迈克尔为什么这样窝囊呢？巴黎实在想不通，总想找机会替哥哥出头，报复塔娜佳。更让她想不通的是，她的私人钢琴老师诺森太太，竟然把迈克尔比做"身穿闪光铠甲的骑士"。世上哪儿有让女生揍得鼻青脸肿的骑士呀？巴黎起初不相信诺森太太对迈克尔的评价，也不太喜欢诺森太太这个人，后来却与她成为了忘年之交。有一次，诺森太太对巴黎讲起巴黎的集中营，又把自己当年佩带的一枚黄色六角星送给她。

巴黎觉得，这枚"黄星"说明，诺森太太曾经"在一个帮派里做间谍"，就骄傲地把它"别在外套上"，去学校里向同学显摆，而七年级的老师艾森伯格太太和萨哈拉却不赞成她的做法。同学们觉得这种"黄星"很酷，也开始纷纷佩带。波迪小姐看到"黄星"之后，"笑容突然凝固了起来"……

要是我的小学老师遇到这种事情，恐怕会闷闷不乐，甚至用教鞭或者拳头接触学生的身体吧。我念五年级的时候，曾经亲眼看见语文老师使劲地用皮鞋触动一个男生的身体，又用右手反复去碰他的脸部，就因为他在背地里说了几声语文老师的外号。我念高中的时候，有几个男生，因为在学校走廊里放鞭炮，被数学老师关在办公室里面，不但要痛哭流涕地口头"忏悔"，还要亲自创作催人泪下的"悔过书"——有的男生甚至把语文课本里的一句古文抄了进去："痛定思痛，痛何如哉！"——后来又差点儿被学校勒令退学，因为数学老师说他们全都是"臭流氓"，甚至连物理老师也赞同她的意见呢。可是，高中或大学毕业之后，那些曾经卷入"鞭炮事件"的男生，要么做了工人或企业家，要么做了中学老师或公务员，而按照中国的传统，他们似乎应该被称为"对社会有用的人"，而不是"臭流氓"，尽管他们燃放过令自己"痛何如哉"的鞭炮。

令我羡慕（或许也包括你）的是，巴黎的老师是从不体罚和挖苦学生的波迪小姐。她并没有责怪巴黎，而是让她去"写一个关于第二次世界大战的报告"，了解"纳粹、犹太人以及那些星星到底是什么意思"。

假如有个中国小学生，从爷爷的旧物里翻出一个"红卫兵袖标"，觉得它很漂亮，就戴着它走进学校，老师会怎么想呢？他会不会象波迪小姐那样，让学生在课外阅读和文化大革命有关的书籍呢？在我的整个学生时代，没有任何老师建议我去做这种事情。我念四五年级的时候，在家里看到一本小册子，里面印着对于"叛徒、工贼刘少奇"的批评材料，此外还印着许多黑白照片呢。我问父母那是什么书，他们只是告诉我，它是单位下发的学习材料，小孩子看不懂，也不应该去看。当时我已经在偷看繁体版的120回本《水浒》（尽管会遇到生字和不懂的地方），对于这种纯白话文，读起来更不费力，就悄悄地阅读起来。然后，我困惑地想，这个人怎么会那么坏呢？直到长大以后，阅读了有关那段历史的书，我才知道什么叫做黑白颠倒。我感到自己很幸运，因为那段历史已经成为过去。对它缺乏了解的小学生，恐怕不会这么想吧。就连有些已经参加工作的大学生，居然也会这样说："我真希望再来一次文化大革命！"这是多么可怕的希望呀——想知道我为什么这样说吗？去网上检索一下就会知道，你只需要打入"文化大革命"这几个关键字就可以了。

总之，巴黎用几个星期的时间去翻看那段可怕的历史（假如不知道的话，你应该去网上查查看，检索的关键字是"希特勒 犹太人"），从此知道了第二次世界大战、希特勒、集中营和被纳粹屠杀的六百万犹太人，仿佛看了一遍人类历史上最令人揪心的电影《辛德勒的名单》，或者美国历史学家威廉·夏伊勒的巨著《第三帝国的兴亡》。尽管"不小心撕开了一个口子"，但她终于明白，只要"记住人们可以变得多么坏"，就可以"提醒我们要尽力变得有多么好"。巴黎把她的读书心得写在班级的"超级读者俱乐部特刊"上，得到了波迪小姐的赞赏。就这样，在波迪小姐的帮助下，巴黎明白了"包容"的意义，准备与塔娜佳和好，又与迈克尔去礼堂表演弹琴和唱歌……一切似乎都在变得令人高兴，结局却是那么意外，让你哭、让你笑，也让你思考。

我不知道《我是女生，我叫巴黎》是不是还会有续集，但书中的学生们肯定会继续长大，就像你我一样。我相信，不管他们以后做什么工作，都会懂得爱和宽容，因为他们有着波迪小姐那样的好老师。

几天前，我在报纸上看到一篇转载自《华商报》的文章，题目是《多死老人解决人口老龄化》——我希望它仅仅是幽默小品，可现在是七月份，愚人节早就过去了。文章中说，陕西某小学五年级的暑假数学作业题中，有三个根据"目前我国60岁以上的人占我国人口总数的10％"提出的问题，一是"我国60岁以上的人口有多少？"二是"你发现了什么问题？"三是"你认为用什么办法能很好地解决这个问题？"11岁的五年级女孩丹丹（化名），轻松地答出了第一个问题，又在爷爷奶奶的提示下答出了第二个（"中国面临老龄化问题"），接着答出了第三个："让部分60岁以上的老年人死亡，或者让人们多生孩子。"然后，她好心地补充说："就来一场瘟疫吧，老年人抵抗力差，会'自然'降低老龄人口。"

如果从数学的角度来看，丹丹对第三个问题的解答也许并没有错误；如果从别的角度来看，丹丹的这个回答，恐怕就连希特勒看了都会吃惊吧。可是，我们不能责怪丹丹。假如丹丹是巴黎（有趣的是，这两个女孩都是11岁），假如她听到诺森太太回忆大屠杀的历史，又有波迪小姐那样的老师，她也会懂得，无论小孩子、爷爷、奶奶，还是蹦蹦跳跳的小麻雀，都有着同样宝贵的生命。

其实，如果在念书时能够受到好老师的感化，希特勒在日后或许并不会变成恶魔。在希特勒念中学时，他的法文老师爱德华·休麦认为，这个学生有天资，但缺乏自制力，脾气暴躁。希特勒却把爱德华·休麦看做"天生的白痴"，只是崇拜他的历史老师利奥波德·波伊契博士，因为此人是个"狂热的日耳曼民族主义者"，使希特勒"得到了真正理想的满足"。我们当然不能把希特勒日后的恶行完全归罪于他的历史老师或者别的什么人，但是，假如没有这种人的煽风点火，在年轻时酷爱绘画和建筑的希特勒，也许就不会成坏家伙吧。

现在你一定相信，好的老师就像爱的雨露，在他们的帮助下，你能够把生活的萨哈拉沙漠，浇灌成爱意无限的巴黎，又能够把自己变成"演奏和平的乐器"。在和平之声的伴奏下，我们自应该用生命去唱一首被唱了无数遍的老歌，也就是查尔斯·金斯利在《水孩子》里唱过的"爱、爱、爱，你让世界转动"——我相信，它将被永远传唱下去，只要人间有爱。

所以说，不管你是女生还是男生，我都祝愿你能够像巴黎一样，在学校里遇到波迪小姐这样的老师，在生活中遇到诺森太太这样聪明善良的"过来人"，学会在心里戴着"玫瑰色的眼镜"去看待生活。假如这样的话，就算碰上了五百年一遇的日全食，你的眼前仍然有光，你的心里仍然有爱，而爱终将帮助你实现梦想，不管你的梦想叫做巴黎、纽约还是香格里拉。

二〇〇九年七月二十二日

肖毛写于哈尔滨看云居，日全食开始之前

肖毛

男性，祖籍河北乐亭，1969年生于哈尔滨。爱猫且如猫一般独来独往，故以肖毛为笔名。至2008年底，撰文200多万字，译作130多万字，已出版译作有《伊索寓言》《佛兰德斯的狗》《隧道》等。

编者的话

　　我是小朋友们的大朋友，大朋友们的老朋友——总之，有点调皮、有点机灵、一激动还有点罗嗦，有时又莫名忧郁的那个就是我啦！

　　和你们一样，我也非常非常喜欢儿童文学。在看了美国儿童文学作家爱斯米·科德尔的《特别的女生萨哈拉》后，我就跑去和我们的总编大人（他可不是白胡子老头的主编爷爷，这样说他会生气的哦）商量，从美国又引进了《特别的女生萨哈拉》（中英双语版）、《我是女生，我叫巴黎》和《新老师的新日记》三本好书给大家。

　　我敢打包票，只要你们认真看了这本书，一定会有很多很多话想说出来，很多很多疑惑想要讨论和解决。其实，不光你们是这样，我也有好多好多疑问呢。下面这些问题可不是课堂上、或者考试卷里的提问，所以，放心好喽，你们的回答没有好坏高低之分，你们只需要把自己真实的感觉、疑惑、委屈和感想写出来寄给我就好啦！

　　你们肯定又要问了，"要是我们回答完这些问题，并把答案告诉你，我们会得到什么奖励呢？"是啊，塔娜佳也问"如果读书俱乐部的会员卡都打满了孔，会得到什么奖励"？——我会送给你们一份特别的礼物，可真正的奖励，其实在你们的内心深处，那是不易察觉的奖励呢。

好啦，总编大人要嫌我罗嗦了哦，我赶紧把问题列出来：

给孩子、曾经是孩子的大人们：

1. 在你眼里，巴黎是一个怎样的女生？你和她有什么相同点、不同点呢？

2. 你觉得迈克尔是个胆小鬼吗？为什么？当你看到同学或亲人被欺负时，你会去叫老师、报警、还是装做没看见，或者远远地躲开呢？你内心期望自己怎么做？

3. 假设你和别的同学都违反了课堂纪律，可老师只发现了你，并要求你说出其他违反纪律的同学来。你会说吗？为什么？

4. 巴黎犯了错，她的妈妈被从上班的地方请到了学校。你或你的同学有过因为违反纪律，而把家长请到学校来的经历吗？那是一种什么样的感觉，你喜欢那种感觉吗？

5. 波迪老师说："我最好的朋友一开始却是我的敌人。"你觉得敌人可能变成朋友吗？为什么？

6. "戴上玫瑰色的眼镜"意味着什么？你觉得按照世界的真实样子去看它，和把它看成你期望的样子，哪个更好些？为什么？

7. 巴黎说："一旦人们知道你会流血，他们对待你的方式就不一样了。"你觉得她说得对吗，为什么？

8. 如果巴黎替她哥哥打抱不平，故事又会如何发展？换做你是巴黎，你会怎么做呢？

9. 巴黎说："那是真正的我，我想成为的那个我。"想想看，你如何才能变成"想成为的你"？"真正的你"又是怎样的呢？

10. 当巴黎和萨哈拉讨论把一些人从俱乐部里开除时，鲁兹的反应为什么那么剧烈？你身边有人被"开除"（包括不被某个小团体接纳）过吗，你觉得那会是一种什么样的感觉？

11. 丝图沃兹太太和诺森太太是如何描述巴黎的，你想去那里吗？请描述你想去的城市。

12. 为什么塔娜佳说她"现在"很需要朋友？什么情况下，我们会更希望有朋友陪伴呢？

13. 你有过自己犯了错，却去责备别人的经历吗？如果有，请描述一下（如果有机会说声"对不起"，就一定要去做呀）。

14. 巴黎了解到的大屠杀历史对她产生了什么样的影响？她为什么觉得自己忽然长大了很多？你有过类似的感觉吗？

给老师：

1. 你的班上有德里、萨哈拉、巴黎、瑞秋、露兹、塔娜佳、迈克尔吗？说说你和他们的故事吧。

2. 七年级老师艾森伯格太太说"不能把无知当借口"，你赞同这句话吗？当巴黎犯了错误时，老师要求她去学习那段历史；假设巴黎就是你的学生，你会怎么做？为什么？

3. 这本书里提到了孩子们会遇到的很多问题和教育主题，比如：欺负、种族、文化差异、是非观、判断力、普世价值的培养等等，你对这些话题有什么看法？

4. 这本书的作者就是一位老师，波迪老师就是她眼里的"好老师"。你觉得什么样的老师会受到学生喜欢？你眼里的好老师是什么样的？你一直在朝着这个方向努力吗？

5. 你在学生眼里是什么样子，他们怕你吗？请选出最适合你的词语：温和、宽容、耐心、严厉、风趣、真诚、公正、细心、有童心、有学识、有责任感。

6. 你了解自己的话对学生的力量吗？列举几句你最常对学生说的话。

7. 书中说"每个人都应该唱出自己的歌"，你是怎么理解这句话的？你班上的孩子们都找到自己的歌了吗？

给家长：

1. 你有没有尝试过半蹲着、以孩子们的身高去看待这个世界？建议你尝试一次，然后告诉我你的新发现。

2. 巴黎为什么会为迈克尔的事情朝全家人发火？你觉得她的爸爸妈妈

认真倾听过她的心声吗？

3. 你喜欢迈克尔这样的孩子吗？换做是你的孩子受了欺负，你希望他采取什么解决办法，为什么？

4. 当路易斯的女友怀孕后，路易斯把这件事告诉了爸爸妈妈，并渴望得到他们的帮助。你觉得如果你的孩子在遇到类似的困难时，他们第一个会想到谁？会是你吗？你会给他们什么样的帮助？

5. 请说出你对孩子的期望。

来信请寄：

100028北京市朝阳区曙光西里甲一号第三置业B-501　辛艳　收

信箱：xinyan@booky.com.cn

记得要写清你的联系方式、姓名和年龄哦！

不然，你就得不到我为你准备的特别礼物了哦！

图书在版编目（CIP）数据

我是女生，我叫巴黎／（美）科德尔著；伊替译.
—西安：陕西师范大学出版社，2009.5
ISBN 978-7-5613-4660-0

Ⅰ.我… Ⅱ.①科…②伊… Ⅲ.长篇小说—美国—现代 Ⅳ.I712.45

中国版本图书馆CIP数据核字（2009）第059766号
著作权合同登记号：陕版出图字25-2009-061号
图书代号：SK9N0448

我是女生，我叫巴黎

著　　者：爱斯米·科德尔
责任编辑：周　宏
特约编辑：辛　艳
装帧设计：利　锐
插　　画：吉　安
出版发行：陕西师范大学出版社
　　　　　（西安市陕西师大120信箱　邮编：710062）
印　　刷：北京京都六环印刷厂
开　　本：880×1230　1/32
印　　张：6.5
字　　数：120千字
版　　次：2009年9月第一版
印　　次：2009年9月第一次印刷
ISBN 978-7-5613-4660-0
定　　价：23.80元